講談社文庫

逆境

大正警察　事件記録

夜弦雅也

講談社

目次

逆境

大正警察　事件記録

第一章　虎里武蔵

一

「あんた、汽車、もう立川《たちかわ》に着いとるばい。起きなって」

三等客車の向かいの男に揺り起こされて、虎里武蔵《とらさとむさし》は膝《ひざ》に置いていた風呂敷包みを落としそうになった。

「おっと、俺の弁当……」

寝ぼけながら、つかみ留める。

「弁当の心配より、よかと？　立川で乗り換えるち、あんた、言うとったばい。もう着いとる」

「着いたって？」

武蔵は頓狂《とんきよう》な声を上げて立ち上がった。

「だから、言うとる」

周囲の客たちが吹き出してげらげらと笑う。

中央本線の三等客車は、車幅一杯に五人掛けの長椅子が固定されている。十人一組で向かい合っているので大人数に筒抜けだ。

「早う行きんしゃい。終点じゃなかけん。すぐに出るぞ」

武蔵は鳥打帽《とりうちぼう》を深く被り直した。

「おじさん。話、楽しかったよ。いつか、また聴かせてください」

「何、調子よかこと、言うとる? あんた、途中でいびき、かいとったけん。俺の武勇伝で寝た奴ぁ、初めてばい」

新宿《しんじゆく》停車場から立川停車場までの一時間で、磯村辻太郎《いそむらつじたろう》を名乗るこの男に、日露戦争の体験談を延々聞かされたのだった。国分寺《こくぶんじ》停車場の手前までは耳をすましていたが、日頃の疲れが出たせいか転《うた》た寝《ね》した。あとは切れ切れにしか覚えていない。

「小倉《こくら》から出兵したところまでは聞いていたさ。近衛《このえ》師団の将校に気に入られて娘を娶《めと》る約束をしたので博多《はかた》に戻らなかった話も覚えてる。おもしろかったのは本当だ」

言い訳をしながら客の投げ出した足をよけて客車の側面に向かう。長椅子一組ごとに扉があって、自分で開けて降りる仕組みだ。

「俺《おり》ゃぁ、この先の八王子《はちおうじ》で九州料理の店をやっとると。気が向いたら来んしゃい。停車場前に郷土料理屋は一軒しかないからすぐわかる」

「必ず行くよ！」

扉を開けると六月の湿った風が青草を巻き込んで全身に吹き寄せる。

「聞いとらんかったが、あんた何やっとる人だ？　どっかの書生か」

洋シャツの上に小袖と袴《はかま》なので書生に見られるのは仕方がない。

武蔵はもう一度顔を向けて笑った。

「俺は虎里武蔵、警視庁の刑事さ」

目を見張る乗客らを尻目に、袖をはためかせてプラットホームに跳び降りた。

二

警視庁は、二年前の明治四十四年に、本庁刑事課の大改造を敢行した。

日本初となる鑑識係を設置し、世界的にも黎明期《れいめいき》にある指紋捜査を開始した。

同時に捜査係を創設して、これまで所轄署に頼ってきた事件捜査に、本庁として積極的な関与を始めた。

本庁、警務部刑事課捜査係、巡査――これが武蔵の肩書きである。

殺人、強姦、強盗、放火の凶悪事件から、少年犯罪、詐欺《さぎ》、恐喝、横領、通貨偽造に至るまで手広く手がける。ほかに刑事捜査をする部署は本庁にはないので仕事量は半端ではない。

四十人が八班に分かれて事件担当、在庁、非番を順に務めるのだが、担当日に対して休日が極端に少ない多忙な日々だ。

今朝は、その貴重な非番の初日にもかかわらず、呼び出しを食らった。

『ジケンニツキ　シヨウシユウス　オウメテイシヤバデ　ゴウリユウセヨ　ケイシチヨウ』

武蔵は麴町《こうじまち》の下宿で電報を開封するなり、文字を睨《にら》みすえた。

(事件につき、召集す。青梅《おうめ》停車場で合流せよ。――警視庁、か。休みくらい、まともにくれよな)

非番のところすまない、の一言もない。まったく、人をこき使う職場なのだ。

柱時計を見上げると九時三十分をまわっていた。

(呼び出し電報が今下宿に届いたってことは、本庁に報せが上がったのは八時前後だ

な）

事件の第一報は、現場の巡査が所轄署に伝えたのち、東京市麴町区有楽町《ゆうらくちょう》の警視庁本庁には電信その他の方法によって上げられるのである。

市内であれば一区に一署、郡域ならば主要な署に、電信設備がすえつけられている。

本庁には大きな電信室と専属の電信技手たちがいて、舞い込む報せを適切な部署に届ける。受け取ったのは、捜査係長の重沼清作《しげぬませいさく》警部に違いない。

昨日までは八王子にいたが、事件が解決して今日から在庁していた。担当班の呼び出しを指示して、自分はさっさと現場に向かったはずだ。

つまり、まだ下宿にいる武蔵は、一時間以上は遅れをとっている。

（到着が遅いと、どやされるしな。事情は聞き入れてもらえないし、敵わないや）

重沼係長の厳《いか》めしい顔がぬっと頭に浮かんだ。四十半ばで、背丈は普通だが、身幅があって筋肉質だ。本庁業務にまだ慣れない武蔵を、躾《しつけ》の悪い子供のように叱《しか》り飛ばす。

刑事課長の米倉満祐《よねくらみつすけ》三等官は、警務部長を兼ねているため、捜査の実務は部下の係長たちに任せきっているのである。重沼係長に睨まれたら武蔵は捜査係ではやっていけない。

二階から駆け下りて帽子掛けの鳥打帽をつかみ取った。

「待って！　おむすび、持って行きなさいよ」

下宿の一人娘である華山夢子《はなやまゆめこ》が、竹皮の包みを持って炊事場から追いかけてきた。電報を取り次いでくれたときに《ケイシチヨウ》の表書きを見て察したようだ。気をきかせて残り飯をにぎってくれたのか。

「弁当か。恩に着るよ」

風呂敷を広げて筆記用具や捕縄と一緒に包んだ。

「あいかわらず武蔵は野暮ったいのね。背広を買ったらどうなのよ。ひ弱な外見に、よれよれの着物じゃあ、悪人に返り討ちにされるわよ」

夢子は女学校を出て一年になる十八歳である。十四歳も年上の武蔵を呼び捨てにする勇ましい性格だ。五尺二寸の男としては低めの武蔵と、そう背丈が変わらない。

「そんなことがあるものか。俺は中身で勝負しているんだ」

「よく言う。二階にいるときはごろごろしているだけのくせに」

洋間の方角から咳払《せきばら》いが聞こえて、主の華山一郎《いちろう》が笑い顔を突き出した。

「夢子、男に向かってそんな口をきくものではないぞ。着物でも十分に刑事らしいさ」

一郎は油絵の画家で、絵画教室の月謝と絵を売った金で生計を立てている。細君とは死に別れて夢子と二人暮らしのところ、二ヵ月前に武蔵が舞い込んだ。

「行ってまいります」

武蔵は風呂敷包みをつかんで背を向けた。

「しっかりな」

廊下を玄関まで勢いよく走る。

「殺されないでね！」

夢子に言い返す手間を惜しみ、草履《ぞうり》を履《は》いて飛び出した。

三

「勘弁してくれよ。次の青梅行きは一時間半も先なのか」

武蔵は、立川停車場の時刻看板の前で立ち尽くした。

立川村の北はずれにある停車場は簡素な造りだ。土を盛ったプラットホームに時刻看板が刺さっており、目の前には胡瓜《きゅうり》畑が広がっている。

(……係長の大目玉は確実か)

同じ汽車に同僚の姿はなかったので、おおかた電報を打つときに新米の武蔵が最後にされたのだろう。

さもなくば、郵便夫が厠《かわや》にでも行っていて、のんびり仕事をしたか、だ。

モールス信号で送られてきた電文は、郵便夫が解読して丁寧に筆書きしてのち封までする。直ちに配達とはいかないのである。

なるようにしかなるまい、と開き直り、プラットホームに腰かけて竹皮の包みを開いた。

「美味《うま》い」

塩むすびにかぶりついて思わず声が出た。

食べ物があるという当たり前のことに胸が熱くなる。実家は貧しい小作農家で、腹を満たせない少年時代を送った。

別の人生を生きようと決心したのは二十五歳のときだ。家業を兄の武一《たけいち》に押しつけて家を出た。

(兄ちゃんはまだ許してくれないんだろうな……今も手紙に返事がないしな……)

給金の一部は仕送りにまわしているが、気まずくて一度も帰省していない。

そんな思い出に浸りながら、ゆっくりと食べ終えた、そのときである――。

ババババッ……。

彼方《かなた》の林の方角で、いきなり機械音が聞こえた。

と見るや、ガソリン発動機を響かせて、T型フォードが木の蔭から勢いよく飛び出した。

「フォードだ！　本物か？」

自動車の代名詞にもなっているフォード社の量産モデルである。農民たちは初めて見たらしく、悲鳴を上げている。

激しく泥を巻き上げながら武蔵のほうに向かって来た。幌《ほろ》が全開で、乗っている二人がよく見える。

ハンドルをにぎっているのは、着流しにカンカン帽の中年男である。注目すべきは隣に座っている男で、白制服に白帽子の出で立ちだ。

警察官が公用で身に着ける夏用の制服だった。胸の前に立てた日本刀の柄が黒革巻きなので階級は巡査だとわかる。警部補以上の階級者ならば柄は鮫皮巻きだ。

(何をしに来たのだ)

公務で来たにしては不自然だった。自動車は東京府じゅうを合わせても二百台しか普及していない希少な乗り物なのである。警視庁は去年初めて独逸《ドイツ》製の高級車を一台購入したきりで、所轄署には配車していない。

考えているうちにもフォードは走り、立ち上がった武蔵の真向かいに騒々しく横付けして停車した。

巡査が顔をしかめて武蔵をじっと見ている。

武蔵が胸を張ると、巡査は首をかしげて、ぷいと視線を外した。

今度は、胡瓜をにぎり締めて棒立ちの農民やら、舎屋《しやおく》のほうにいる汽車待ちの行商人やらを順に眺《なが》めている。

また首をひねると、武蔵に目を戻して声を張り上げた。

「――ひょっとして、あんたが本庁の刑事か！」

武蔵はぷっと吹き出した。何のことはない。巡査の目的は武蔵だ。一足先に青梅停車場に到着した本庁の仲間が、迎えに行けと巡査に命じてくれたのだろう。

青梅町は石灰と織物の商いの町なので、自動車を所有する金持ちの商人がいてもおかしくない。その一台を、公的権力をちらつかせて運転手ごと借りた、といったところか。

「本庁捜査係の虎里武蔵巡査です。お迎え、痛み入ります」

武蔵がぺこんと頭を下げると、巡査は目を見張って敬礼した。

「青梅署視察係の青木《あおき》平蔵《へいぞう》巡査です。虎里武蔵ということは、あなたがあの、ピストル強盗を逮捕した眼力巡査ですか。こんなにお若いとは思わなかった」

武蔵が板橋《いたばし》署時代に立てた手柄のことを言っているのだ。五つほども年上に思える相手から敬語で応じられると、ヘソのあたりがむず痒《がゆ》くなる。

「運が良かっただけです」

焦りながら答礼すると、

「立ち話も何ですし、乗ってください。現場まで一時間とちょっとですが、汽車を待って向かうより早いですよ」

礼を言って武蔵が後部座席に乗り込むと、青木はさらに笑いを振り撒く。

「うちの親父の知り合いがやっている織物会社のフォードなんです。運転手は店の番頭で免許を持っていますのでご安心を」

訊《き》いていないのに気をきかせている。職業運転士にしか免許を与えない規則のため、遊興目的で無免許運転をして逮捕される事例が後を絶たないのである。

「よし、やってくれ」

番頭はクラッチペダルを踏み込んで発進させた。スロットルレバーを指で押し下げて速度を増しながら道を戻る。

「迎えを指示したのはうちの係長ですか」

飛ばされないように帽子を懐《ふところ》にねじ込みながら訊ねた。いつも冷たくあしらわれているが、心の底では気遣ってくれていたのだろうか……。

「いや、おたくの係長は、虎里は放っておけって怒鳴ってました。私が手配しておいた馬車でもう現場に着いたころですよ」

武蔵は息を吐いて遠くに目をやる。

「迎えに行けって騒いだのは、おたくの班長ですよ。よい上官じゃないですか。係長に逆らってた」

「班長が？　まさか」

直属上官で班長の溝口辰雄《みぞぐちたつお》警部補は、人への気遣いをまったくしないことで有名なのである。今年で三十八歳なのに、だらしがなく、いい加減な男だ。

(もっと成績を上げろって部長に焚《た》きつけられたのかな)

たぶん、そこらへんだ。溝口班は検挙率が低く、原因は溝口自身だと周囲の誰もが認識している。

なのに班長でいられるのは、父親の溝口辰一郎《しんいちろう》が警視庁の上部局である内務省警保局の警務課長だという理由による。班長自身も内務官僚になればよかったものを、第一高等学校を中退して巡査採用試験を経て警視庁入りしたという変わり種だ。

その溝口班の成績が、ここ一、二ヵ月で上がり始めている。四月の人事異動で武蔵が板橋署から引き抜かれて溝口班に配属されたためだ。

武蔵の引き抜きは、米倉部長が号令して行ったのである。米倉は警視総監の椅子を狙っていて、刑事課の成績を伸ばしたいのだ。

米倉に焚きつけられた溝口班長が、ならばと考えた安易な策が、少しでも早く武蔵を現場入りさせて仕事をさせる手だった――と考えると矛盾がない。

(理由は何であれ、頑張ろう)

フォードは林を離れて、青梅街道を西進し始めていた。

石灰を運搬するために未踏の原野を切り拓いて造った道である。

幅六メートルの赤土の悪路が、森林を貫いて伸びている。ほぼ一直線で地平線まで続いている景観は壮大だ。

「経過を教えてください。非番中に呼び出されたので知らないんです」

青木は気さくな笑みを見せると、上着の隠しから手帳をつかみ出した。

「……ええとですね、うちの署に報せが入ったのが今朝の七時ごろです。青梅町から二里ほど南西に行くと球磨川《くまがわ》村という小作の集落がありましてね。行方《ゆくえ》知らずになっていた幼女が遺体で発見されたんです」

武蔵は拳《こぶし》を強くにぎった。「七時発見」「クマガワ」「二里南西」と急いで書き留める。

「深さ三尺の土中に埋められていました。遺棄現場は村から一里半離れた人気《ひとけ》のない山腹です」

青木はぱらぱらと頁《ページ》を捲《めく》る。

「……父親の名は……梅本咲次郎《うめもとさくじろう》で、三十歳だったな。母親は……トモエ、二十四歳か。殺された娘の名がハナで去年六歳になった……。一歳の妹がいて……名は、ええと……どこに書いた？　あった、妹の名はスミです。四人暮らしでした」

一息ついて渋面《じゆうめん》を武蔵に向ける。

「……外勤巡査なら、これしきは暗記してるんですがね。私は内勤なので書いたものがすべてです」

青木が視察係と名乗っていたことを武蔵は思い出した。警務係の内勤巡査が必要に応じて任命される役であり、来訪者の便宜《べんぎ》を図るのが仕事だ。

いっぽう、外勤巡査も同じ警務係に属するが、こちらは交番所を基点として地域の治安を守る。治安絡みだけでなく、悩み相談から喧嘩《けんか》の仲裁にまで引っ張り出されるのが普通なので、住民の名前はもちろん、年齢も生活習慣も頭に焼きつけている。

「死因は？」

「頸部《けいぶ》圧迫です」

青木は面《つら》をしかめつつ、両手で手帳を鷲掴《わしづか》みにしてみせた。紐《ひも》状の凶器を使った絞殺ではなく、手指を使った扼殺、ということだ。

「いなくなったのはいつですか」

「昨日の昼前です。両親は朝から畑仕事で、昼にトモエが戻ると妹のスミしかいなかったそうです」

「ハナは毎日、家で子守ですか？　六歳は尋常小学校の入学年齢ですが」

青木は、どうだったかな、と眉《まゆ》をひそめてまた手帳を繰る。

「……通わせていなかったようですね。一家総出で畑に行く習慣だった、とあります。道に置いた駕籠《かご》にスミを寝かせてハナに見させていたようです。昨日は雨が降っていたので子供たちは家に残したらしい」

満六歳で迎える四月からの六年間が義務教育だが、農村部では通学しない児童が未だに多い。学費は無償だが人手が必要なためだ。

子守はたいてい女児の役割である。ことに雨の日は、家で子守をしておいてもらえれば母親としてはほっとできる。

「トモエが昼に戻った理由は何ですか？」

「作り溜めしておいた粥《かゆ》を鍋ごと畑に運んで食べるためです。白米が食えるほど裕福じゃありませんのでね。朝昼晩、稗《ひえ》や粟《あわ》を煮たものが主食です」

「なぜ近くの山に埋めたのだろう」

それも気になった。自宅から一里半なら捜索範囲だ。よほど巧妙に隠さなければ発見は免れない。

「早いとこ隠したくて、場所がそこしかなかったってことでしょうかね」

「でも、三尺の穴を掘っていますよ」

武蔵は両手を上下に広げて深さを示した。三尺はおよそ九十センチメートルなので、野犬もほじくり返せないほどに深い。

「急いでいたにしては時間をかけていますよ。土砂の色が変わって一目瞭然なのに、もっとよい隠し方を思いつかなかったのかな」

ふと、額に降りかかる滴《しずく》に気づいて、武蔵は頭上を見上げた。

汽車を降りたときにも雲が広がっていたが、今は濃さが増している。東京府はもう梅雨《つゆ》入りしている。

「雨ですか、ね？」

青木も気づいてつぶやくと、ぱらぱらと滴が落ちて来た。

「こりゃまいった。座席を濡《ぬ》らすと旦那様に叱られちまう」

番頭が初めて口を開き、振り返って武蔵に懇願した。

「刑事さん、幌を上げてくれませんかね。ほれ、あんたの後ろにあるそれですよ」

武蔵は身をよじって手を伸ばしたが、どうやればよいのかわからない。

引いたり、戻したり、がたがたやっていると、

「意外に不器用ですね。本庁の人にも不得手《ふえて》なことがある」

青木が声を上げて笑った。

「こういうのは苦手でして。要領が悪くていつも係長に叱られます」

「ええい、面倒臭い。あっしがやります」

番頭が道の端に寄せて急停車させたので、武蔵は前のめりになった。荷馬車が嘶《いなな》きとともに横をすり抜ける。

運転席から跳び降りた番頭が幌を引き上げる様子を、武蔵は感心しながら眺めた。

「昨日から降ったり止んだりですね。西のほうは明るいし、また止みそうですよ」

青木が紙巻き煙草《たばこ》の山桜にマッチで火をつけた。ふう、と口をとがらすと、白い煙が雨滴に逆らって揺れながら立ち上る。

「よっしゃ、これでいい」

番頭が喜色《きしよく》満面で運転席に戻った。フォードはふたたび赤土を飛ばして青梅町を目指す。

武蔵は幌の隙間に顔を寄せて、細く糸を引く雨滴を眺めた。まばらだった筋が次第に数を増して、幌を打つ——。

——おっ父とおっ母に会えなくしたあいつをこらしめて！

道の彼方に悲憤の叫びを聞いた気がした。

四

大正二年六月十七日、午後二時十七分。

武蔵は、西多摩《にしたま》郡、山中の遺体遺棄現場に臨場した。

山道をはずれて薄暗い傾斜地を青木と一緒に下った。土砂が小山状に掘り上げられた一角の手前で、汗ばんだ二人の男が言い争っている。

「あんたの望みどおりに、仏を穴に戻したんだぞ。早いとこ、検案《けんあん》を始めてくれ。こっちは本庁様の顔を立ててやったんだぞ！」

今、息巻いたのは、青梅署長の朱雀《すざく》警部だろう。身の丈が六尺はありそうな巨漢で、白制服を着て洋拵《ごしら》えの刀を吊《つる》している。青梅のような小規模署の署長は警視ではなく警部だ。名が朱雀大一郎《だいいちろう》であることは、道すがら青木から聞いて知っている。

「ほざいてんじゃねえよ。こっちにも段取りってえもんがあるんでぃ。粗相《そそう》をして遺体を動かしちまったのはそっちだろうが。口を閉じて待ちやがれぃ」

江戸弁で吐き捨てながら野犬を追い払うように掌《てのひら》をひらひらさせているシャツの男は、重沼係長だ。朱雀とは同階級なので、子供の喧嘩のように売り言葉に買い言葉である。

武蔵が首をかしげながら近寄ると、

「おっ。武蔵じゃないか。よく来た。お前が頼みの綱だ」

二人から離れた場所にすました顔で立っていた溝口班長が、振り向いて武蔵の肩を抱いた。

「迎えの手配、ありがとうございました。おかげで早く着けました」

背の高い溝口にのしかかられると重くて敵わない。

見れば、糊《のり》のきいたぱりっとしたシャツを身に着け、背広の上着を指でつまんで格好よく肩に引っかけている。

服はしょっちゅう新調しているようで、警部補の月給で購《あがな》えているとはとても思えない。どこかの女に貢《みつ》がせているのか？　それとも実家に、せびっているのか？

一人、ぽつねんと立っていたのは、自慢の服や靴に泥が跳《は》ねて汚れるのを嫌がったのだな、と武蔵は勘繰った。

「アレはどういうわけなんですか」

係長たちを指差すと、

「ありゃあな、青梅署の馬鹿野郎どもが、俺たちの到着前に遺体を動かしたのさ。やっと元に戻ったところだ」

武蔵は呆れた。一時間は早く着いているはずなのに、遺体検案が始まっていない理由はそんなつまらないことか。

「遺体を戻すだけで、今まで時間がかかりますか」

「それがなあ、穴から上げただけじゃないんだ。署長が、ここに寝かせておくと哀れだとか抜かしたみたいでな、着物で包んで麓《ふもと》の寺まで運ばせたんだとさ。発見したときのようにしろって係長がどやしつけたんだ」

ちょっと聞いただけなら、現場の保存を巡る判断のすれ違いだ。

いじって欲しくないと願う本庁の意見はまっとうだが、遺体発見は朝なのに本庁の到着する午後まで放置したままでは間抜けだと青梅署としては考える。

待たねばならない決まりもない。

だが武蔵は一年ちょっとの刑事生活でもう知っていた。こと事件捜査に関する限り、所轄署と本庁は敵対する関係なのである。

所轄署主導が伝統であったところに、本庁が口出しを始めたせいだ。署長たちは、「管内の事件は所轄署が捜査すべきだ」と公言してはばからない。本庁刑事課が署長に対して指揮権限を持たないのをよいことに、本庁外しを公然とやる。

事件の報告はわざと遅らせて本庁に上げることが多い。本庁が来ぬ間に有力な物証を署に運び込んで隠す事例まである。

捜査本部も所轄署と本庁で別々に立てるのが通例だ。互いに情報を隠し合って競争する。

だから、発見当時を再現しろと、重沼がこだわる気持ちもわかる。

「井上《いのうえ》、どけ。写真は役に立たねえ」

朱雀署長を追い払った重沼係長がずかずかと穴に近寄り、鑑識係員の井上忠治《ただはる》の腰を横から蹴ってどかした。

写真担当なので穴の縁に立ち、ガラス乾板式カメラで遺体の様子を撮影していたのだ。

「いてて」

「早《はえ》えとこ、どけ」

腰をさすりながらカメラと三脚を抱えて井上が退く。

「長谷川《はせがわ》、ざっと一、二枚、描いといてくれ」

代わって手招きで呼ばれたのは、刑事課専属絵師の長谷川和義《かずよし》だ。井上の立っていた位置に絵描き帳を抱えて陣取る。

「重沼さん。鑑識のやり方に口を出すな」

小太りの男が歩み寄って重沼係長に抗議した。鑑識係長の小津文三《おづぶんぞう》警部である。

小津係長は、警部補時代に司法省に出向して指紋鑑定法を学んだ男だった。司法省は警視庁に先駆けて五年前から受刑者の指紋登録に着手している。その三年後に鑑識係が発足し、小津が係長に抜擢された経緯がある。

「色をつけられねえんで、無能だと言ってるのさ。白黒じゃあ、誤った先入観を抱かせかねねえ。今までどおり記録は絵で十分だ」

馬鹿にしたように顎《あご》と下唇《したくちびる》を突き出す重沼に向かって、小津は目と眉を高く吊り上げる。

「無能とは何だ。写真は科学捜査の一環に位置づけられただろうが。あんたも知っているはずだ」

法医学、指紋、写真の三つを科学捜査と位置づけたことを指摘している。警視庁の広報担当が記者《ぶんや》を集めてアピールした。つい先週の出来事だ。

「あんなもん、世間に向けた口宣伝だ。法医学と指紋はともかく、写真が頼りにされてねえことは事実だ」

残念ながら本当だった。二年前に設けられた「写真撮影規定」では、必須なときだけ撮影するように制限されている。

正規の捜査に組み込まれていないが、趣味でカメラをいじっていた井上が名乗りを上げて十年前から担当しているらしい。

「写真の利点は正確さだ。絵では主観が入る」

小津が断言すると、重沼は鼻で嘲笑った。

「捜査ってのはなあ、どだい、主観なのさ。見込み捜査が俺たちの伝統芸だ。刑事で芽の出なかったおめえにはわからねえな」

「ここで、それを持ち出すのか。あんたの部下だったころの俺じゃない。今は、あんたと同格の係長だ」

こっちも同階級で、さらに因縁もあるので収拾がつかない。

「お二人さん。絵は終わりました。写真をどうぞ」

長谷川絵師が焦った口調で声をかけて、足早に場所を空けた。

「早いな。ほれ見ろ。写真より役立つ」

「あんた、何を言ってる。昔と違って今は数秒で撮影が可能なんだぞ。こっちはパチリで終わりだ。絵より早い」

横で見ていた青木巡査が目を大きくして、

「いつもこうなのですか」

「まあ、二回に一回はやり合うな」

溝口班長が笑いをこらえながら答える。

武蔵自身は小津係長を応援したい気持ちだった。小津の言葉のほうが理屈に合っているし、共感が持てる。

本庁に着任して早々、指紋捜査が興味深くて、教えてくれと小津に頼み込んだことがある。「忙しいんだが」とぶつぶつ言いながらも、小津は丁寧に指導してくれた。

刑事としては成績が振るわなかったのだとしても、人には向き不向きがある。伝統に甘んじずに新しいものを取り入れている小津はりっぱだと武蔵は思う。

「一度穴から上げたのなら、戻す前に指紋を採らせてほしかったな！」

これ見よがしに台詞《せりふ》を吐いて、小津は穴の底に下りた。遺留品を捜す目的で青梅署が掘り広げたらしく、大人が入れるほどに広い。

武蔵が指示を仰《あお》ごうと溝口を振り返ったときだ。

「班長、おもしろいものが出ましたぜ！」

傾斜の下の茂みが揺れて、同じ班の先輩刑事である田淵泰次《たぶちやすじ》巡査が、シャツとズボンを泥まみれにして駆け上がって来た。

メリヤス手袋をはめた手で円匙《えんし》の柄をにぎり締めている。

「こいつです」

と汗を飛ばしながら溝口の鼻先に突き出す。

円匙は、兵士や農民が常備する土を掘り返す道具で、木の柄の先に鉄製の丸みを帯びた匙《さじ》がついているところから、この呼び名がある。

遺体を埋めるときに犯人が使ったのだろうか。

「馬鹿野郎。持って来てどうする」

珍しく溝口がまともなことを言うので、武蔵はその横顔をまじまじと見つめた。

「べたべた触ると指紋が崩れるだろうが。そんなことにも頭が回らないのか」

この意見も正しい。普段は無頓着《むとんちゃく》な振る舞いを見せるのに、頭では理解していたのか。

（そういや、班長は高等学校に途中まで通った秀才だった）

世間では中卒ですでに高学歴なのに、その上の高等学校となれば超がつくのだ。卒業生のほとんどが帝大まで進学するし、その先は日本を動かす官僚や学者になる。

雲の上の人になるはずだった男が、今はだめ班長と揶揄《やゆ》されて、小卒の重沼係長に顎で使われている。

（人生は予定どおりにはいかないものだな）

溝口に叱られてばつが悪そうにしていた田淵が、武蔵にすり寄って耳打ちした。

「班長の奴、親父さんが視察に来るもんで張り切ってるのさ」

「ああ、それで」

捜査に身を入れている理由は、部長に煽《あお》られたためではなく、父親への見栄《みえ》か。

「いつですか」

「親父さんが来る日か？　来週か、来月か……知るもんか日取りまでは。ここに来るまでの汽車で鑑識の連中が話してた。あいつら、在庁勤務が多いから、いろんな噂を耳にするだろ」

田淵は武蔵より二つ年上の丸顔の男で、溝口班の中では一番話しやすい。

田淵以外にあと二人、二ツ町善吉《ふたまちぜんきち》と宇佐野又造《うさのまたぞう》という三十半ばの巡査が班にいるが、そっちの二人は見下した態度で武蔵に接する。

年下の武蔵に手柄の多さで追い抜かれていることに我慢がならないのだろう。米倉部長の肝入《きもい》りで引き抜かれたとあってはなおさらか。

「おめえら、怠けてるのか。捜索はどうした」

小津の作業をのぞき込んでいた重沼係長が顔を上げて鬼の声を飛ばした。

「円匙が出たので報告しようと思っていたところです」

溝口がむっとした表情で声を張り上げる。

「犯人のものなのか？」

重沼が首をかしげながら歩み寄る。

「山菜を採りに来た奴が忘れていったのじゃねえのか。どんなふうに置いてあった？」

溝口は田淵を振り返った。叱っただけで、詳細を訊ねていない。

「下った先の岩陰で見つけたんですよ。わからないように葉っぱや石で覆ってあったので置き忘れじゃないと思います。持ち主は犯人で決まりですよ」

「遺留品が出たって？」

小津が穴から顔を突き出したが、田淵のにぎっている代物に気づいて目を剝《む》いた。

「持って来たのか、この大馬鹿」

「すみません。戻してきます」

田淵はふたたび、ぺこぺこと頭を下げている。

「仕方ない。戻さなくていい。もうそれ以上は触らんでくれ」

手袋をはめた鑑識係の部下が円匙を受け取る。

カメラを抱えた井上が田淵に歩み寄って、

「撮影しておこう。あった場所に案内してくれ」

一緒に傾斜を下り始めた。画材を持って長谷川絵師も同行する気配なので、自分はどうしたものかと武蔵が再び溝口班長の顔を振り仰ぐと、

「お前は先に遺体を見ておけ。頼りにしていると言ったろう」

ちょうど小津が首を横に振りながら穴の外に出たところだ。額に手拭いを押し当て

て汗を拭っている。

「指紋、どうでした？」

気になっていたので武蔵は声をかけた。死体の皮膚から指紋を浮き上がらせる技術に成功した事例はないので、小津は毎度挑戦しているのである。

「今日もだめだった……。いつか、遺体から採取できる日が来ればいいな」

小津は武蔵にだけは表情を和ませた。

重沼係長が遺体を検分したあとで、武蔵は穴に下りた。

遺体は生きているように膝を抱えて、尻を土につけている。

（硬直が緩みきっていないのか）

埋められたときの姿勢を維持しているのだった。座棺《ざかん》のような縦長の穴に膝を曲げて押し込められたようだ。

喉をのけぞらせて上向いており、白く濁った両目を武蔵に向けていた。顔じゅうが紫色に膨れ上がり、舌がだらりと唇の端に垂れている。

（扼痕《やくこん》がやけに多いな）

扼殺時の手指の痕《あと》である。指の腹を押し当てれば丸型に、爪を食い込ませれば三日月型に、皮下出血の痣が犠牲者の身体に残る。

首じゅうにあった。見える位置だけで十ヵ所以上だ。後ろをのぞき込むと後頭部の下にも重なってついている。

正面にしゃがんで、犯人の絞め方を再現してみた。喉にある太い痣に左右の親指をあてがうと、首がすっぽりと武蔵の掌で覆われた。

この位置で親指を押し出せば気道と一緒に舌根が圧迫されて舌が突き出る。静脈は圧迫されるが、首の奥の動脈は閉塞しない。このため、頭部に上がった血が胸に戻らずに顔に鬱積《うっせき》したのだ。ハナは、さぞかし苦しかったろう。

(親指の痕だけでも八つもあるな――左右の指で一対だから、少なくとも四度にわけて絞めたことになる)

痣の太さは、犯人が成人相当の体格であったことを示していた。六歳児の首を一度で絞めきれなかったとは思えない。

(抵抗されて中断したのだろうか)

頬に、ハナ自身が掻きむしったと思われる擦り傷がある。が、首には犯人の指痕しかない。ハナがもがいても、犯人の手を引き剝がせなかったということだ。

(ならば、なぜだ)

考えていると、頭上から、

「そろそろいいかな。はるばる連れて来られたんだ。早いとこ、検案をしたい」

本庁の警察医である阿部彦五郎《あべひこごろう》が眉をひそめて見下ろしていた。

「すみません、先生。すぐにどきます」

武蔵は急いで立ち上がり、場所を空けた。

小津の部下たちが遺体を抱え上げると、地表に敷かれた筵《むしろ》の上に移す。

阿部医師による検案が始まった。

(犯人は捕まえる。無念は晴らすからな)

武蔵はハナを見つめながら語りかけた。

五

その夜、青梅町の旅館で一回目の捜査会議が開かれた。大部屋の畳に七人が胡座《あぐら》をかき、灰皿やら茶碗やらを目の前に置いている。

情報漏洩《ろうえい》を防ぐために雨戸を閉ざしているので暑苦しかった。裏路地にあるひなびた旅籠《はたご》を選び、四つしかない二階の全室を借り切っている。

「いいか、おめえたち。青梅署に遅れをとるなよ」

重沼係長が険しい目つきで皆にガンを飛ばし始めたが、

「あれ？　おめえらの班長はどうした」

目を留めて、きょとんとした。

「俺たちの部屋にはいませんでしたよ」

「先に来てると思ったんですがね」

口々に答えていると、廊下側の襖《ふすま》が開いて当人の溝口が姿を見せた。

全員が唖然《あぜん》とした表情で見つめる。旅館から寝間着として出された浴衣《ゆかた》をもう着ているのである。ほかの者は饐《す》えた臭いの昼間の服のままなのに、一人だけ石鹸《せっけん》の匂いをさせている。

（風呂に入っていて遅れたのか？　係長だってまだ入っていないのに。この人には怖いものがないのか？）

あらためて父親の権力に感じ入る武蔵である。

内務省の課長なら、本庁では部長級だし、米倉部長とは帝大時代からの友人同士とも聞いている。重沼は面を強くしかめるだけで、遅れた理由を問い質《ただ》そうともしない。

もっとも、当人は自分がふざけているとは露ほどにも思っていない様子だった。涼しい顔つきで会議の場に来たのが武蔵には不思議でたまらない。

「どんな話になってる？」

溝口は武蔵と二ツ町の間に腰を下ろし、誰にともなくささやいた。

「始まったばかりです。係長は気負っているようです」

二ツ町が、しかめ面で耳打ちすると、

「地の利がないぶん、青梅署に遅れをとりかねないっすね」

目の前に座っていた宇佐野も振り返り、渋い顔でぼそっと応じる。

（ははあん。そういうことか）

西多摩郡は初めての武蔵にも、本庁の置かれた状況がわかった。

所轄署との手柄競争は今に始まった話ではないが、今回ばかりは条件が不利だ。

何しろ、行く場所一つとっても本庁の人間は地図と睨《にら》めっこだ。旅館から移動するにも馬車や人力車を手配しなければならない。

そうした雑用を誰に指示すればよいのか。

便宜を図るためにいるはずの青木巡査は、朱雀署長が「本庁は捨ておけ！」と吠《ほ》えて引き上げさせてしまった。

「――この瞬間にも、青梅署で別の捜査会議が開かれてることを忘れるな。死ぬ気で奴らの鼻を明かせ」

（やってられないな）

武蔵はそっと息を吐いた。

「では阿部先生に報告していただく」

重沼の隣に座っていた阿部医師が茶を一口すすって口を湿らせると、洋紙の書き付けを手にして立ち上がった。

「死因は扼頸《やくけい》による窒息――間違いありません」

麓の寺に待たせていた両親に許可をもらって夕暮れ前に解剖を終えている。

「頬と腕に防御《ぼうぎょ》のためと思われる表皮剥脱が八ヵ所。舌骨《ぜっこつ》骨折。腹部に内出血。肋骨《ろっこつ》二本も骨折」

「腹と胸は首を絞められたとき、犯人に乗られたのだろうな」

重沼が推測を挟む。

「陰部に外傷なし。性的行為の痕跡なし」

武蔵は鉛筆を走らせる手を止めて、阿部の顔を見つめた。

（陵辱でないなら、何のために殺したのだろう）

「動機がわからねえな」

重沼もしきりに首をひねっている。

「角膜が激しく濁《にご》り、硬直はやや緩み始めていました。殺害時刻は誤差も考慮して昨日の正午から夕方までの間でしょう」

「胃に内容物は？」

「すべて消化されていました」

「正午以降の死亡なら、矛盾がねえな」

以上です、と阿部が腰を下ろし、重沼は溝口班に顔を向ける。

「夫婦から聞いた話をしろ」

二ツ町が険しい表情で手帳をにぎって立ち上がった。

常に睨むような顔つきで周囲を見るが、喧嘩を売っているわけではない。自負と競争心が強いためだと武蔵は理解している。

「寺で母親に聞いた情報です」

二ツ町は前置きしてから、早口で家族構成を説明した。横で田淵が懸命に書き留めている。

「一家は球磨川村より半里離れた辺鄙《へんぴ》な場所に居を構えています」

「待て。離れた場所というのはなぜだ。村の住民ではねえのか」

武蔵もそこは初耳なので耳をすます。

「咲次郎が村人から嫌われているため、その土地に追いやられたようです。詳しく言えば、地主が村人の総意を汲《く》み取って、ほかの小作とは違う痩《や》せた土地をあてがった。住居もその土地の近くに建てさせて村八分にした。——寺の住職にも裏を取りましたが、同じように話していました」

ふうむ、と重沼は唸る。

「村人が咲次郎を憎むあまりに娘を殺《や》った線はありそうか」

「ないと思います」

「なぜだ」

「トモエと住職によれば、憎まれていたというより馬鹿にされていたようなので——相手にもしていない男の娘を殺しはしないでしょう」

「なるほど……トモエも憎まれてはいなかったのだな」

「住職はそう言っています」

「明日、村でほかの連中の話も聞け」

「そのつもりです」

二ツ町は息を吐いて続きを喋《しゃべ》る。

「ハナがいなくなった時刻は、咲次郎とトモエが畑仕事に出た日の出ごろより、トモエが昼食をとりに戻った正午ごろまでの間です。一家は時計を持っていないので正確な時刻はわかりません」

「トモエはすぐに捜したのか」

「いいえ。雨が止んで、表のぬかるみに歩幅の狭い子供の草履の跡があったので、遊びに出ていると思ったそうです。戸口の心張り棒はきれいに外されており、争った形跡がなかったと言っています」

「顔見知りが開けさせた線はねえのか」

「そこまでは何とも」

「夫婦以外の大人の足跡は？」

「気に留めていなかったので憶えていないそうです」

重沼は忌々《いまいま》しげに膝を叩いた。

「もっと早く着けていりゃあ、今日じゅうに家にも行けてたのにな」

西多摩郡は東京府の西はじなので、片道だけで半日以上の旅行だ。

「雨で消えてるかもしれねえが、明日、足跡を調べろ。鑑識の連中と一緒に、ほかの痕跡もな」

二ツ町は深くうなずく。

「不審人物は目撃されていねえんだな」

「トモエは見ていません。ここ二週間は余所者《よそもの》はもちろん、村人にも地主にも会っていないとの話です」

「よほどの嫌われ者一家だな。犯人にとっては好都合だったわけだが」

「円匙について訊ねましたが、咲次郎は円匙を所有していて、三日前に盗まれています」

「本当なのか」

「その日から見当たらなくなったとトモエは証言しています」

「どういうことだ。不審者は見ていねえのに円匙だけ消えたのか。現場にあった円匙が盗まれたものだとすると、なぜ三日前なんだ」

「もう一つ、興味深い話があるのですが」

「言ってみろ」

「夕飯どきになってもハナが戻らないので、トモエが交番所に届けようとしたら咲次郎が止めたと言うんです」

「何だと」

重沼は身を乗り出した。

「じきに戻ると言い放ったそうです」

武蔵は拳を強くにぎって二ツ町の顔を凝視した。

(咲次郎がハナを手にかけたなんて、言い出すつもりじゃないだろうな)

世間では、小作農民といえば、食えないために子売りをする印象が染みついている。嬰児《えいじ》殺しは今もときおり発覚しているが、幼児を殺して間引いた事件は最近では聞かない。

「夕飯のあとでトモエがもう一度、交番所を口にしたところ、咲次郎はそれでも頑《かたく》なに止めたとか。仕方なく咲次郎が眠り込んだあとでトモエは巡回中の巡査を探して助けを求め、巡査が村人にも呼びかけて総出で捜索した結果、今朝の発見に至ったわけなんです――」

二ツ町が手帳を閉じて腰を下ろしたので、重沼が呆気《あっけ》に取られた顔で怒鳴った。

「どうしてそこで話が終わりなんだ。咲次郎は、どう言い訳してるんだ。聴取したんだろう!」

「そっちは俺じゃありませんので」

武蔵の目の前で宇佐野がぬっと立ち上がった。夫婦の聴取は、先に下山した二ツ町と宇佐野の二人が担当したのである。

「咲次郎の聴取は……俺が、やりました。別々に聞き取ったので、今の話は、俺は知らなくて、目を離した隙《すき》に咲次郎が帰っちまって、あの……聴取ができていません……」

大柄な肩を縮こまらせて真っ青だ。振り向いて二ツ町を睨みつけている。

重沼が顔を赤くして立ち上がった。

「おめえ、何年、刑事をやってるんだっ。どう考えても咲次郎が怪しいだろう。羽交《はが》い締《じ》めにしてでも話を聞くところじゃねえのか！」

宇佐野の額に汗が噴き出し、一度乾いたシャツの脇にまた大染みが広がった。手の甲で顔を拭《ぬぐ》いながら、しどろもどろになる。

「先に指紋を無理矢理に採ったら……すっかり怯《おび》えさせちまいまして、厠へ行きたいと言うので許可したら、それっきりいなくなって……係長は早く馬車に乗れって怒鳴ってるし」

武蔵は思い出した。寺の裏庭を借りて解剖をしたのだが、住職がそれ以上の協力を拒んだのだ。

遺体の腹を閉じるころには日が暮れ始め、人数分の食事もないので、梅本一家が引き取りに来るまで遺体を預かることだけを住職に約束させ、すぐに旅館に場を移そうとの話になった。真っ暗闇になった郡域の道を、松明《たいまつ》の先導もなしに馬車で走ることは、危険この上ないのだ。

重沼は自分が移動を指示したことはすっかり忘れたように、「子供の遊びじゃねえんだぞ！」と宇佐野に怒鳴り散らしている。

(協力し合わないからこうなる。明治から続いてる悪習だ)

武蔵は痛感した。

明治の世になったとき、刑事捜査は江戸時代の岡《おか》っ引《ぴ》き方式を引き継いだのである。組織で捜査に当たらず、個人でやらせて手柄競争を奨励した。

二年前に班体制を敷いたが、一匹狼の本質を変えるまでには至っていない。同じ班でも組んで聞き込みをすることを嫌がる。結果、重要情報の聞き漏らしが頻繁《ひんぱん》に起こる。

凶悪事件の検挙率は大正に入っても六割を超えないのである。組織も人も協力し合わないためだ。

「クソぅ。咲次郎を引っ張りてえな。うかうかしてると青梅署に先を越されるぞ」

「あのう、係長」

溝口班長がすました顔で小学生のように手を挙げた。

「どうした、質問か？」

普段は会議で発言することがないので、皆がいっせいに虚を衝《つ》かれた顔で溝口を見つめる。

「いえ、そうじゃなく、提案です。余所の班を応援に回してもらえませんかね」

「何だと？」

「人が少ないせいで、こういう事態にもなるんですよ。こんな田舎《いなか》で所轄署の鼻を明かすとなりゃあ、それなりに数が必要ってもんです。地域も広くて聞き込みの苦労も半端じゃないし」

（おお。また、まともなことを言ってる。どんだけ親父さんにいいところを見せたいんだ？）

武蔵は感心したが、

「だめだ。回せる班はない」

ぴしゃりと重沼は拒絶した。

「ええ？　そうですかあ」

溝口の声が裏返った。

「だって、今朝まで在庁してた福富班《ふくとみ》は、質屋強盗で駆り出されたんでしょう？　そっちは死人は出てないし、係長だって所轄署にまかせときゃいいって、最初は出すのを渋ったと聞きましたよ」

（そうなのか？）

武蔵は初耳なので、溝口と重沼の顔を交互に見る。

「米倉部長が出せって命じなかったら、福富班はそのまま在庁していて、今頃こっちの事件を担当してたはずでしょう。質屋強盗は別の班に掛け持ちさせて、福富たちを呼べばぴったりじゃないですか」

武蔵は隣の田淵の腕をつつく。

「今朝そんなやり取りがあったんですか」

どうやら二つの事件が立て続けに入電したようだ。先に受けた質屋強盗を、待機していた福富班が担当した。そのすぐあとでハナ殺しの一報が舞い込み、在庁班が出払っていたので、非番の武蔵たちが呼び出されたのだ。

「そうらしいな。俺も直《じか》には見てないけど」

田淵は丸顔を小刻みにうなずかせ、

「鑑識の奴らから聞いたんだが、質屋のほうは市内らしいぞ。青梅署がもっと早く連絡をよこしていりゃあ、福富班が西多摩郡で、俺たちは楽な市内だったのにな」

武蔵が顔を戻すと、溝口は執拗に粘っている。

「係長も、すぐに解決すると思ったから、質屋のほうには行かなかったんでしょう？」

重沼は苛立《いらだ》ちを押し殺しているのか、どす黒い顔に変わっている。

「俺がこっちに加わったのはたまたまだ。福富には青梅に着いたときに電信で指示を出してる。福富だけじゃねえ。それ以外の六班すべてと俺はやり取りしてる。どれが大事とかそういう問題じゃねえんだ。おめえの班は成績が振るわねえんだろうが。だ、い、め班長が文句を垂れるな」

溝口は、むっとした顔で口をつぐんだ。

こういう場合に親の七光りはきかないようだ。重沼は巡査から叩き上げた職人気質《かたぎ》なので、こと、捜査の進め方については譲れないのかもしれない。

突然、廊下から足音とともに、小津係長の大声が響いた。

「円匙の指紋が咲次郎の指紋と一致したぞう！」

襖がちぎれるように開いたかと思うと、雪崩《なだれ》を打つように、小津と部下の六人が部屋に躍り込んで来た。別の部屋で指紋採取と照合をやっていたのだ。

「間違いねえんだなっ」

重沼が唾《つば》を飛ばして問い質す。

「鉄製の取っ手から片鱗指紋が採れた。岩が屋根になる窪《くぼ》みに置かれて、草や石で覆い隠されていたのが功を奏したんだな。でなけりゃ雨で流されていたろう」

「ほかの奴の指紋はついていねえんだな」

「奴のだけだ。トモエの指紋も別の奴のもない」

「決まりだな」

重沼が強い口調で言い切る。

「朝になったら咲次郎を連行して来い。一気に自白に持ち込め」

武蔵は啞然として、重沼の自信ありげな顔を見つめた。

(傍証《ぼうしょう》だけで取り調べるのか？　――これって、冤罪《えんざい》の典型じゃないのか？)

刑事の取り調べでは、髪をつかんだり、頰《ほお》を張るくらいは普通にやるのである。気弱な者なら、憶えがなくとも、二、三発、張られただけで一時しのぎに自白してしまう。

「乗り物が必要ですが、どうしますかねえ」

二ツ町が顎に手を添えている。連行する方法を算段しているのだ。

武蔵は辛抱できずに立ち上がった。

「待ってください。まだ動機がわかっていませんよ。円匙だって、本当にそれで遺体の穴を掘ったのか？」

皆の視線が全身に食い込んでいるが、ここまで言い出してあとには退けない。

重沼が虚を衝かれた表情で武蔵を見つめ、

「動機なんざなあ、調べて吐かせりゃわかる。今考えなくていいんだ。それが迅速捜査ってもんだ」

教訓めいた言葉を吐いた。

「武蔵、やめとけ」

溝口班長に袴を引っ張られたが、

（こんな捜査を許しちゃいけない）

日頃の疑問が火を噴いた。

「動機は……口減らしじゃないのか……」

宇佐野がぼそりと言ったので、部屋が、しん、となった。

「俺、聞いたんだが……青梅署の奴らが現場でたむろしてただろう？　司法係の奴が小声で、ここいらは去年が凶作だったからなあって——去年が凶作ってことは、今の時期あたりに蓄えが尽きるってことだ」

司法係は、所轄署で捜査を担当する係だ。本庁の捜査係に相当する。

「咲次郎が殺ったと考えれば辻褄《つじつま》が合う。畑仕事の合間に殺したので、すぐに行って戻れる山に埋めるしかなかったんだ。トモエに捜すなと命じたのも自分が犯人だからだ。扼痕が多い理由だって――ほら、我が子を手にかけるんだぞ。ためらって当然だ！」

皆が、はっとした表情に変わった。武蔵も指痕の多さは憶えているが納得がゆかない。

「咲次郎に可能だったとは思えませんよ。夫婦は一緒にいたんです。昼にはもう攫《さら》われていた」

「ちょっと待ちな」

二ツ町が怖い顔で遮《さえぎ》った。

「俺は、やれたと思うな。人目につかない場所で暮らしていると言ったろう。家と畑は片道で十五分ほどらしい。トモエが昼飯をとりに畑を離れたら、道でないところを走って先回りする。遮る川や山は家との間にはないので、男の足ならできたろう」

「ですが、殺して運んで、穴を掘って埋めるのは無理ですよ。一里を往復してるんです。数時間はかかります」

二ツ町は眉間《みけん》に青筋を立てて立ち上がる。

「咲次郎はな、毎日、一人だけで二時間ほど畑に居残るんだそうだ。ちょっとでも収穫を増やすためだな。その間にトモエは家に戻って赤子の世話やら夕飯の仕度をする。隠しといたハナの遺体を背負って一里を往復するなら二時間でできる。穴は別の日に準備しておけばいい。三日前に円匙をなくしたと言ってるじゃないか。三日前から掘り進めておいて、円匙は近くに隠しておいた。そういうことじゃないのか」

「口減らしで間違いないな」

重沼係長の断言する声が部屋に響いた。

「これでも、おめえは連行に反対なのか？」

武蔵に指を突きつけて首をかしげてみせる。

「農民が食うに困って子供を間引いた。哀れだがよくある話だ」

武蔵は疑問が尽きない。

「咲次郎が殺したのならトモエは計画を知らされていなかったことになります。奇妙ではないですか」

重沼はぎょろりと目を剝く。

「妻に反対されるので相談しなかった、それだけのことだろうが」

「普通は合意して行うものです。いっぽうが賛成していなければ、あとで騒がれて面倒になる。じっさい、トモエが巡査に報せたので事件になりました。予想してしかるべきなのに解《げ》せません」

「だから、連行して、そうした行動の理由を訊くんだ」

「円匙を現場近くに置いたままにするのは、よほどの愚か者でない限りやりませんよ。なぜ別の場所に捨てなかったんですか。隠し方も中途半端です。覆っただけなので発見されたし、指紋は保存される結果になった。説明できない点が多すぎます」

「皆がおめえみてえに知恵が回るわけじゃねえんだ。単純に馬鹿だったんだ」

重沼は片眉を吊り上げて武蔵の顔をのぞき込んだ。

「なあ！　相手は新聞も読まねえ連中なんだぞ。まともな証拠隠しができるものか。指紋捜査のことだって知らねえはずだ。指の模様で自分が捕まるなんて思ってもみなかったろうさ」

「殺したことが、そもそも変です」

「口減らしと言ったろうが。いいかげんにしろ」

「身売りか奉公に出す選択肢があったはずです。そちらを先に考えるほうが自然です」

「どこも、いっぱいだったとか、事情があるんだろう」

「だったら、付近の商人や一番近い娼家に聞き込みをするべきです。咲次郎が話を持ちかけていたかどうか。断られていれば、子殺しに踏み切る動機に信憑性《しんぴょうせい》が生まれる。そこまでしたあとで身柄を引っ張るべきです」

「うるせえ。もう黙りやがれっ」

ついに重沼は座布団を蹴って武蔵の胸倉をつかんだ。

「これ以上は、つべこべ抜かすな。方針に従えねえなら捜査を外れろ。上下を守れねえ奴は捜査係には要らねえ。いや、本庁からお払い箱だ」

武蔵は、はっとして、重沼の真っ赤な顔を見つめた。

(無職に逆戻り――)

実家を出たあとの辛苦の日々が胸に押し寄せた。農民出身者を雇う店も会社もなく、日雇い人足をして食いつなぎながら、夜は必死に独学で巡査採用試験の勉強をした。

科目は算術、作文、地理、歴史に、法律まであったのである。小学校の勉強からやり直して中学の教科書や法律書を憶え、血の滲《にじ》む努力の末に合格した。

そうやって手に入れた職を、ここで失ってよいのか？

「おい、武蔵」

溝口班長がまた袴の裾《すそ》を引っ張っていた。

「白黒は尋問して判断すればいいじゃないか。ここは引いておけ。係長にここまで言わせちゃあ、俺はかばいきれない」

見下ろすと真剣な目をしてうなずいている。

(班長の言うとおりだ)

が、重沼の毒々しい顔に目を戻すと、心がまた暴れそうになる。

(ここは辛抱だ)

歯を食い縛って重沼から目をそらした。

「……俺が……言い過ぎました」

喉までせり上がっていた思いを腹の深くに突き沈めて頭を下げた。

「……申し訳……ありませんでした。従います」

呑《の》み込んだものが暴れ回って出口を探し求めている。

「わかりゃあいいんだ」

重沼は鼻を鳴らして、つかんでいた手を放した。

「ようし、会議はここまでだ。明日は咲次郎を連行し、村人と地主に裏付けの聞き込みをやれ。家の周辺も調べて、犯行の手順を探れ」

皆が立ち上がって雨戸を開き、籠もっていた煙草の煙を扇《あお》いで逃がす。

重沼が襖を開いて「おおい！」と呼びかけると、すぐに女将《おかみ》が膝をそろえて顔をのぞかせた。

「喉が渇いた。ビールを頼む」

会議をしていた部屋がそのまま宴会場に早変わりだ。

「お酒がよい方はおっしゃってくださいまし。お冷《ひや》もお燗《かん》もたんと準備できます」

ビールと膳が運ばれてきた。一升瓶《いっしょうびん》や徳利《とっくり》も次々に運び入れられる。

武蔵は一人、やりきれない思いになって、途中で部屋を抜け出た。

(子供を殺された親がいるのに宴会なんて——俺には耐えられない)

班の部屋まで来たところで、重沼係長の騒ぐ声が耳に届いた。

「おい、虎里！　おめえ、腹踊りやれや。え、あいつ、どこに行きやがった」

両手の拳を、爪が食い込むまでにぎり締める。

これが一等国日本の警察なのか？

大正新時代の警察がこれでよいのか？

饗宴が聞こえないように頭まで布団を被って横になり、怒りを鎮めた。

六

翌朝六時、溝口班は五人全員で部屋を出立した。

まずは青梅停車場の界隈で民間の馬車を借りる。咲次郎を連行するのだが、戻る前に家の周囲の痕跡調べや聞き込みなどもやらなければならない。

玄関の引き戸をがたぴしと滑らせて表をのぞいたところで、門の向こうに発動機を唸らせたフォードが停車しているので、武蔵は呆気に取られた。

「虎里巡査。今日も、お手伝いをさせていただきますよ」

にこやかに手を振る青木巡査の姿が座席にある。

「こんなことをして大丈夫なんですか」

降りて来た姿は制服ではなく、シャツにズボンの私服だ。署の命令で来たのではない。

「視察係を解任されたので病欠届けを出したんです。上が話のわかる人でね。事件の解決に繋がるならと、目をつぶってくれました。フォードで行けるところなら、どこ

「でも送り迎えしますよ」

青木の上官なら警務主任だ。協力的な管理職が青梅署にはいるのだとわかり、武蔵は少し心が晴れた。

「どうしますか」

二ツ町が硬い顔で溝口班長を振り返った。この場合の渋い表情の意味は、所轄署の助けを借りてもよいのか？ということだろう。

「乗り物なら何でもいいだろ」

溝口は、あっさりと認めた。昨夜は飲み過ぎたらしく、息が酒臭い。

「よし、おめえら、乗るぜ」

勢い込んだ二ツ町が、武蔵たちを引き連れて歩み寄ると、青木は慌てた顔になって両手を広げた。

「待ってください。これ、何人乗りだっけ」

昨日と同じ運転席の番頭を振り返る。

「五人乗りでさあ」

青木は神妙な顔を武蔵たちのほうに戻し、

「ってわけですので、三人だけ乗ってください。取り締まる側が違反をしたでは洒落《しゃれ》になりません」

武蔵たちはいったん玄関に退いて班長を囲んだ。

「あいつを置いて行けば、四人乗れますよ」

田淵がとんでもないことを吹き込もうとするので、武蔵は耳を疑った。

「善意で来てくれた人を降ろすなんて、本気ですか。あの人だって、あとで上官に報告しないといけないんですよ。置いてけぼりを食ったら、子供の使い以下になります」

青木は耳がよいらしく、向こうで咳払いしている。

「だったら、二ツ町と武蔵の二人で連行して来い。帰りは五人だから、定員一杯だ」

二ツ町が躍り上がった。

「やったぜ。班長の英断が下った」

にやにやしながら早足にもう乗り込んだ。笑っている二ツ町は酒席以外では見たことがない。どうやら自動車が大好きらしい。

「なぜ二ツ町さんと武蔵なんですか。俺はどうしてはずされたんです？」

詰め寄る宇佐野の胸を、溝口は面倒臭そうに掌を向けて押し留める。

「二ツ町は、お前らの中で一番年長だし、武蔵は、……ええと、何となくだ」

「何となくって、何ですか！」

田淵のほうは、班長を責めない代わりに首をひねっている。

「俺は何をすれば？　宿でのんびりしていていいんでしょうか？」

溝口は呆れた顔になって、

「遊んでよいわけがないだろうが。俺たち三人は、どこかで自転車を借りてあちこちを回るんだ。一人は鑑識係と合流して痕跡捜し——ほかの二人は村人への聞き込みだ。自転車のほうが馬車で回れない場所にも行けるし、好都合だぞ。今日一日で聞き込みを終えよう。俺は戻って風呂を浴びたいんだ」

田淵は血相を変えた。

「梅本家までの往復だけで五里もあるんですよ。小回りがいいと言うんなら人力車にしましょうよ」

「それがいいです。ペダルなんて漕いでいられるか」

すでに汗だくの宇佐野が、田淵の提案に乗っかって息巻く。

「あのなあ。人力車を三人で一日借り切ったら幾らになると思うんだ。どの道、俺は馬車と自転車の両立てを命ずるつもりだったんだ。指示に従え」

三人のやり取りを聞くうちに、武蔵は気まずくなった。

「俺は自転車のほうでいいです。代わりに先輩のどちらかを――」

溝口は驚いた顔で振り向くと、武蔵の肩をつかまえて庭の隅に押して行った。

「お前を選んだのには理由があるんだ。二ツ町が突っ走らないように見張れ。宇佐野や田淵よりはしっかりしているが、乱暴なので心配だ」

ささやく溝口の顔を、武蔵は穴の空くほど見つめる。

（この人、本気のときは、しっかり考えているのだな）

親父さんがいつも視察に来ればよいのにと願う武蔵である。

「わかりました。ちゃんと連行できるように精一杯やります」

溝口はうなずいてから、また欠伸《あくび》顔に戻った。


武蔵と二ツ町を後部座席に乗せて、フォードは出発した。

商家の並ぶ通りを唸りを上げて南進する。

青梅町を抜けて、南隣の五日市《いつかいちまち》町に迫る手前で、西の山側に折れた先が、球磨川村だ。

「さっきの話が耳に入ったんですが、いったい誰を連行するんです？」

青木が振り返って訊ねた。

「梅本咲次郎です」

青木は目をまたたかせて、ぽかんとする。

「余計なことを喋るんじゃない」

二ツ町が鋭い声を上げたが、青木は笑い始めた。

「何がおかしいんだ」

「咲次郎を犯人だと思ってるんですか。あり得ない」

「どうして言いきれるんだ」

武蔵も気になった。青木は穏やかな人柄だし、根拠のない口喧嘩を仕掛ける男ではない。

「球磨川村を担当する交番所の巡査たちが証言してるんですよ。咲次郎は臆病なので、人殺しはできっこないってね。普段の梅本一家をよく知っているので信用できます」

二ツ町は呆気に取られた表情で青木を見入った。外勤巡査の見識が馬鹿にならないことは、二ツ町自身が外勤からの叩き上げなので理解していよう。

「青梅署の司法係は咲次郎を疑っていると聞いたぜ？」

「たしかにうちの司法係も最初はそう思ったようです。でも、外勤たちの意見を受け入れて考えをあらためました」

「ハナがいなくなったときに、巡査に知らせないように咲次郎がトモエを止めたんだろうが。そこは、どう説明するんだ」

「以前、叱られたことが原因でしょう。咲次郎が村の子供を殴《なぐ》って怪我《けが》をさせたことがありましてね、巡査が厳しくとっちめたらしいんです。咲次郎はもうすっかり怯えてしまって――制服が目に入っただけで逃げるようになったという話です」

武蔵も啞然とした。

「警察嫌いなので交番所に行かせなかっただけなんですか」

「昨日の昼にうちの刑事が聴取したときに、咲次郎自身がそう説明したそうですよ。子への愛情が薄いのは事実でしょうが、殺してはいないと思います」

二ツ町は声を荒《あら》らげた。

「俺たちはな、咲次郎の指紋のついた円匙を現場で見つけてるんだぜ。これでも奴が無関係だと言い張るのか」

「円匙についてはどうこう言えませんが、咲次郎は二言目には、子を減らさなきゃあ、とか、子が二人じゃ食ってけねえ、って言うのが口癖なんだそうです。その話を聞いて、うちの刑事が早合点したわけですが――人前で言う奴がじっさいにやりますかね。真っ先に疑いがかかるじゃないですか」

二ツ町は返す言葉が見つからないらしく、口ごもる。武蔵が話を引き取る。

「少なくとも、誰かが円匙を遺体のそばに置いたのは確かなんですよ。雨露をしのげるように覆いをして、咲次郎の指紋が消えないようにしていたんです」

青木は首をひねる。

「外勤連中の話では、咲次郎は軽蔑《けいべつ》されてはいますが、怨《うら》まれてはいませんよ」

会議で聞いた住職の証言と同じだ。

「じゃあ、青梅署は何を調べてるんだ！」

二ツ町が怒鳴り散らした。

「不審な人物が梅本家の周辺に現れなかったか、ですよ」

二ツ町は、はっとした表情になって、武蔵と目を交わした。

「トモエの話ではいなかったと聞いたぞ。見つかったのか」

「まだ見つかっていません。攫うにしても下調べをしたはずなので、ここ半年の間に近辺で目撃された余所者を洗う予定です」

「その話、昨日のうちに聞けてたらよかったです」

武蔵は息を吐いた。重沼を説得する材料になったろう。

「俺はまだ咲次郎を黒とする線は捨てねえぞ」

息巻く二ツ町から目を逸らして、青木は苦笑いを武蔵に向ける。

「そういうわけなので、慎重に捜査をしたほうがいいですよ。お役目なので連行しないわけにいかないでしょうがね」

武蔵は肝《きも》に銘《めい》じた。

「取り調べでちゃんと話を聞きます。白だと判明したら釈放しますよ」

道は上り坂に変わり、行く手に秩父《ちちぶ》山地の青い峰が見えた。

「この先が球磨川村です」

さらに進むと、小作農民の住居が山道の両側に点在する集落に出た。

総数で五十軒ほどだろうか。静かで廃墟のような佇《たたず》まいだ。

きっと足腰の立たない老人か病人以外は耕作地に出ているのだ。一日怠ければ、暮らしに跳ね返る。

「梅本家はもっと先です」

さらに数分フォードを走らせると、ごろごろした岩が続く場所に出た。村の家よりもっとこぢんまりした家がぽつんと一軒だけある。

家の前で青木がフォードを降りて、声をかけた。

「青梅警察署の青木です。梅本さん、いますか」

応《こた》えがないので戸に触ると難なく開いた。心張り棒がされていない。

「留守ですね。畑に出てるんでしょう」

フォードに戻って、道をさらに進む。

「あれが梅本の畑です」

山裾の方角に玉蜀黍《とうもろこし》畑が広がっていた。葉を茂らせた茎《くき》が一面に並んでいる。

玉蜀黍は痩せた土地でも育つ作物だが、それでも茎丈が一メートルしかないのは土が痩せすぎているせいだろう。

赤子を背負ったトモエの姿が畑の手前に見えた――。

「停めてください」

武蔵は咄嗟《とっさ》に指示した。

フォードが急停車して皆が前のめりになる。

「どうした、なぜ停めるんだ」

「咲次郎がいないんです」

「何っ」

武蔵と二ツ町は左右に顔を突き出して周囲に視線を巡らせた。どこにも咲次郎の姿が見えない。

「逃げたか」

「発動機の音は遠くでも聞こえますしね」

「昨日の尋問のせいかもしれませんよ。夜のうちに逃亡したのかも」

青木の言葉に、二ツ町の顔色が変わった。

「だとしたらまずいぞ。本庁の人員じゃ捜し出せない」

「とにかく、トモエに訊いてみましょう」

刺激しないほうがよいと思い、武蔵は一人だけ降車した。

「梅本さん」

声をかけながら近寄る。

トモエはずいぶん前から気づいていたらしく、硬直したように同じ姿勢のままだ。

「警察の者です。参考程度にお話をうかがいに来ました」

トモエは目をまたたかせて、

「あの人は、今日は来ておりませんが」

武蔵は確信した。目当てが咲次郎だと知っている。やはり逃げたのだ。

トモエの表情に目を注ぐと、視線がちらちらと背後の玉蜀黍畑に泳いでいる。

(畑に潜んだのか？)

きっと今日は仕事には来たが、自動車の音を聞いて逃げたのだ。玉蜀黍の茎なら、しゃがめば全身を隠せる。

「咲次郎さんに用はありません。あなたにお話を」

悟られないように明るく喋りながら、畑に意識を集中した。

そのとき、背後で発動機の騒音が迫ったのでぎょっとした。

振り返ると、狭い道幅一杯にフォードが前進して来る。

「ここはまかせて」

両手を肩の上で交差させて振ったが、指図しているらしい二ツ町は悪鬼《あっき》の形相《ぎょうそう》だ。

「梅本咲次郎！　連行する！　出て来ねえと死罪になるぞ」

顔を突き出してはったりをかましている。

(滅茶苦茶だあ)

刹那《せつな》、トモエの背後の葉が大きく揺れた。

「そこだ、追え、武蔵！」

二ツ町の声を待たずに武蔵は走る。

トモエの横をすり抜けて、濡《ぬ》れた葉の中に飛び込む。

「フォードで道の向こう端を塞《ふさ》げ！」

背後で二ツ町が怒鳴っている。

武蔵は茎の間を走りながら、

「逃げるな。不利になるぞ」

がさがさと動く葉を目で追う。

「そこだ！」

飛びついて唖然とした。痩せ細った野犬だ。武蔵に向かって牙《きば》を剝いている。

「ひいっ」

背後でトモエの悲鳴がした。

「轢《ひ》いちまったぞ。急に現れるから」

運転席の番頭が声を震わせてうろたえている。

武蔵は駆け戻り、慄然《りつぜん》として立ち尽くした。

停車したフォードの前輪の真下に男の上半身が見える。

「咲次郎か！」

飛び出したところを轢かれたのだ。

「動かせ！　この位置じゃあ、引きずり出せない」

飛び降りた二ツ町が慌て引きつった顔で叫んでいる。

「今やります。おい、急げ」

青木の指示で、番頭が手を動かそうとする。

「待て！　少しだけだ。動かしすぎると今度は後輪で轢くぞ」

二ツ町が、いったん止めた。

「一緒に引きずり出しましょう」

武蔵は叫んだ。

「動かします！」

と番頭。

「そうれ」

二ツ町と声を合わせ、車輪が移動した瞬間に咲次郎の着物と足をつかんで一気に引く。

ごろりと、武蔵の足元に咲次郎の身体が転がった。胸がひしゃげて、口から血と泡を吹いている。

「あんたあ」

トモエが金切り声を上げて咲次郎にすがった。

「クソ。こんなことが」

二ツ町が頬をゆがめてうめいた。

「咲次郎さん！」

武蔵は懸命に呼びかけたが、応えはない。

咲次郎は黒い雨雲を彼方に見つめたまま、息絶えた。

七

「嫌疑者死亡につき、捜査は終了だ。死んじまっちゃあ、罪は償わせられねえや」

咲次郎が死亡して六日目の朝、旅館での最後の捜査会議で、重沼が終結宣言をした。

重沼は、咲次郎の死を当人の不注意による事故として本庁に報告し、連行途中であったことを伏せたのである。

上層部は偽りの報告を信じた。辺鄙な村のため、記者が嗅《か》ぎつけた気配もない。

武蔵は、ハナと咲次郎の埋葬に立ち会い、トモエに土下座して詫びた。

顔を濡らして武蔵を睨みつけるトモエの姿が目に焼きついて離れない。赦《ゆる》しの言葉は、ついに聞けなかった。

失態自体が隠蔽《いんぺい》されたので、武蔵と二ツ町に処分は下らなかった。

だが、武蔵は、嵐のような自責の念に苛《さいな》まれた。

もっと慎重に連行できなかったのか。

それ以前に、捜査会議で反対を押し通すことはできなかったのか。

なぜ、辞職と引き換えに反対しなかった？　捨て身が重沼に通じたかはわからないものの、信念を貫くことはできたはずだ。

武蔵が連行に加わらなければ、青木は理由を問い質して協力を撤回したかもしれない。咲次郎はフォードに轢かれずにすんだのだ。

自分には覚悟が足りなかったのだと思い知らされた。刑事としての良心を貫く姿勢が欠けていた。

(俺は刑事を続けてよいのか。無実だったかもしれない者を死なせた自分に警察に残る資格があるのか)

答えがわからないまま、今日を迎えている。

円匙を置いた者を探し出そうと試みたが、聞き込みも目撃者捜しも成果は出なかった。逆に、遺体遺棄現場で見つかった草履の跡が、咲次郎の草履と形も大きさも同じだと証明されただけだ。

青梅署の捜査も、近くお蔵入りになると青木が教えてくれた。村に立ち寄った行商人を洗ったが、全員にアリバイがあったらしい。

（このままでは、終われない。真犯人を見つけなければ、警察を去ることも続けることもできない）

それだけは、はっきりわかっている。

「おめえらも頑張った。ホシを死なせちまったが、そういうこともあるさ。そうだ、非番なのに呼び出しちまったのだったな。あらためて非番に入ってよい。骨身を休めろ」

重沼の温情ある言葉に、武蔵以外の刑事たちは歓声を上げている。

（真犯人はどこだ。何のためにハナを殺した。どうすれば見つけられる？）

武蔵は自問を繰り返していた。

第二章　変態捜査

一

「なぜ八丈《はちじよう》教授を紹介してほしいの？　わけを言いなさいよ」

夢子は竈《かまど》にかけた鍋から顔を上げて、武蔵を振り返った。

漂ってくる香ばしい匂いは和洋折衷料理のハヤシビーフだ。薄切りの玉葱《たまねぎ》と角切りの牛肉を醤油《しようゆ》で煮込むのだが、格別に美味くて武蔵は大好きだ。

ハヤシビーフには醤油を使わない洋風のレシピもあるらしいが、西洋料理店には行ったことがないので武蔵は知らない。

「なぜって訊《き》かれても困る。捜査にかかわることなので話したくない」

武蔵は言葉を濁《にご》して、しゃがんで向かい合っている長州《ちようしゆう》風呂の竈に顔を戻した。

長州風呂は、鉄製の風呂釜を載せた竈に薪《まき》をくべて下から釜の水を熱する。釜は一人が入れる大きさで、そのまま入ると足の裏を火傷《やけど》するので、木の丸板を踏み沈めて内底に押しつけながら湯に浸かる。

華山家の長州風呂は、風呂釜の四方に板が立てられていて、同じ土間にある竈や炊事場の位置からは見えなかった。一郎が大工に命じて作らせた。人目を気にせず浸かれるので夢子にはありがたいだろう。

「なあ、もっと新聞紙、なかったか。枝が湿ってるみたいで、火がつかないんだ」

「ごめん。その枝、さっき水をこぼしちゃったの。つかないのは当たり前よ」

「何だって。それを早く言えよ」

呆れて武蔵は立ち上がった。

「道理でだめだと思った。そっちの火を分けてくれよ」

鍋の竈まで下駄を響かせて近寄ると、夢子の足元にしゃがんで、燃えている枝を三本引き抜いた。

「ちょっと！　持って行きすぎ！　こっちの火は私の管理なんだから」

夢子は肘《ひじ》で武蔵を突いて牽制《けんせい》する。

「押すなよ。危ないじゃないか――あっちっ」

火の粉をよけて早足に戻ると、取ってきた枝を風呂の竈に突っ込む。枯れ草を丸めて投げ足すと、ぼうっと炎が燃え上がった。すかさず縦割りしておいた薪を炎の上に組み上げて団扇《うちわ》で扇ぐ。つきやすいものから、つきにくいものに、順に火を移すことが肝心だ。

「ふう。やっとついたあ」

土間に置いていたヤカンを持ち上げると、口の上に水を垂らして飲んだ。新聞紙を敷いて座っているので尻は冷たいが顔は炎に煽《あお》られて火照《ほて》っている。そのままヤカンを傾け、顔じゅうに水をかけた。

「さっきの話だけど、教授に会って何をしたいの。捜査に加わってもらうとか？　それくらいは教えられるでしょ」

振り向くと夢子がまだ興味津々《しんしん》の目で見つめていた。

八丈教授というのは、東京帝国大学医科大学精神病学教授の八丈孟之進《たけのしん》のことである。夢子が出入りしている帝国劇場の常連客で、名刺をもらった話を以前に聞いていた。

「助言をもらうだけだよ。少し行き詰まっていることがあってな」

これくらいなら喋ってもよいだろう。捜査にかかわると言い訳したが、本音では、西多摩郡での失敗を聞かせたくないという見栄《みえ》なのだ。それ見たことかと夢子に揶揄《やゆ》されそうだ。

「教授に教えを請うってことは、変態が犯人なわけ？」

夢子は眉間に皺を寄せて武蔵を睨んだ。

八丈教授は、《変態犯罪学》という、少々不名誉な名称の新学問を提唱していて有名なのである。

変態という言葉は人に対して使われるとき、「性的変質者」を意味する。

《変態犯罪学》は、「性的変質者が起こす犯罪についての学問」の意味になるが、事例を集めるだけでなく、共通点を探して一定の法則を見出そうというのが八丈教授の着眼点だ。

欧州や米国では先行しているらしいが、日本では八丈教授以外に専門家がいない。日本人は「変態」と聞いただけで今の夢子のように眉をひそめる。変態好きは最近話題を集めている谷崎潤一郎《たにざきじゅんいちろう》の読者だけだ。

「決まったわけじゃないが、その可能性があってな。日本じゃ、そういう学問はまだまだで、俺の手に負えないんだ」

「ふうん」

夢子は顎をそらせた。

「あんたが尊敬してる小津とかっていう鑑識の人に頼めばいいじゃない。司法省に出入りしてたことがあるんでしょ。きっと知り合いよ。教授は司法省で出張講義をやってるそうだし」

「もう頼んださ。だめだったんだ」

最初は小津に紹介を頼んだのだが、八丈教授の名を出したとたんに、「虫唾《むしず》が走る！」と顔を背《そむ》けられたのだった。

聞けば、教授は、死体に触れるのが好きだという小津の言葉を耳にして、死体愛好趣味の変態だと言ってのけたそうだ。

「君には犯罪者の素質がある」とまで評したらしい。

小津が紹介を拒むので、夢子の名刺を思い出したのだ。

「あたしは嫌よ。あの人、あたしのことを変態扱いしたから」

武蔵は呆気に取られて、夢子の顔を見つめた。

「お前もそうなのか」

どうやら、教授は、会う人すべてを苛立たせる人物のようだ。

「あの教授ね、あたしが女優を目指してるって言ったらね、君には変身願望があるのか。頭の中にほかの誰かがいると思ったことは？　なんて訊くのよ。まるっきり変態扱いじゃない？」

　武蔵は吹き出した。

「なぜ笑うのよ。言われた乙女の気持ちになってみてよ。こう見えて真面目に女優を志願してるんだし」

　笑ってはいけなかったと思い出した。夢子の女優志願は本物だ。帝劇の楽屋に出入りして自分を付き人として役者に売り込んだ話を聞かされていた。

「それで、お前はカチンときたわけだよな。俺にいつもするように、ひっぱたきはしなかったのか。お前にしては上出来じゃないか」

　夢子をなごませようと思って冗談めかしたのだが、意に反して顔を赤らめてうつむいたので、図星だと察した。

（あちゃあ。帝大の教授を叩いたのか）

　呆れたが、夢子には言わずに、

「だいたい、教授とはどういうきっかけで知り合ったんだ。観劇したら偶然隣り合わせの席だった、なんてことじゃないだろう」

　それだけのことで若い女性に名刺を配るなら、別の意味で問題だ。

「楽屋で会ったのよ。あたしがいつものように売り込みに行ったら教授が先に来ていたの。役者たちに質問してた。変身願望と犯罪の相関関係を調べてるんだって言ってたわ。役者だけでなく、いろんな職業の人に話を聞いてるみたい」

武蔵の興味が大いに湧いた。やはり八丈教授に教えを請いたい。

「楽屋で会ったのは一度きりなのか」

「ううん。五回」

「五回もか。じゃあ、俺も帝劇に行ってみるよ」

「あんたが観劇? 柄じゃないでしょ」

「観るんじゃない。直接楽屋に行く。教授がまた来てるかもしれないし、来てなくとも、紹介できるくらいに親しくなった役者がいそうだ」

「そんなに上手くいくかしら」

「だめならそのときは腹をくくって約束なしで大学に押しかけるさ。門前払い覚悟でな」

「待って。じゃあ、あたしも行く」

急に夢子が態度を変えた。鍋をしゃもじでかきまぜながら顔を伏せている。

「お前は会いたくないと言ったじゃないか」

普段の意趣返しだと思い、意地悪く言ってみた。

「気が変わったのよ。楽屋に行くならついて行く。あんたが話をするとき、一緒にいてもかまわないでしょ」

武蔵は、ははあん、と察した。

過去に夢子は帝劇の女優試験と歌劇部員の試験を受けて両方とも落ちている。ならばと始めたのが付き人の押し売りだが、今のところ採用してもらえていない。ただ雑用をするだけでなく、いずれは自分もデビューしたいという希望があるので避けられているのだろう。

音楽学校で教わったわけでもなく、芝居や踊りを専門に学んだ過去もない。とりたてて特技がないただの器量良しを後押しはできないというところか。

(突破口を見つけたいのだろうな)

刑事に同行していれば、先方は夢子に対する態度を考え直すかもしれない……。

(でも、それで採用してもらえても、才能を見込まれたことにはならないのだがな。刑事にびびって夢子に取り入るなら、そいつはやばい奴だし)

武蔵は、だが振り向いた夢子の表情を見つめて、指摘するのをやめた。

ひたむきで、切羽詰まった目をしている。

何がなんでも、女優になりたいのか。

「よし、じゃあ、明日一緒に行こう」

夢子は一瞬驚いた顔をしたが、すぐに、にっと口角を上げた。

「楽屋直行なら切符はなくとも大丈夫なんだろ」

夢子はこくんとうなずく。

「通用口を知っているので大丈夫。あたし、顔がきくので」

夢子は子供のように笑った。

二

帝国劇場は東京市麴町区の丸《まる》ノ内《うち》にある。伊藤博文《いとうひろぶみ》や渋沢栄一《しぶさわえいいち》が発起人となって造らせたルネサンス建築の大劇場だ。

二年前に開場して、オペラや歌舞伎《かぶき》や演劇を上演している。二階から上には売店や各種食堂が連なり、四階屋上庭園も豪華な東京市民の憩《いこ》いの場である。

土煙の舞う濠端《ほりばた》の電車道から建物に踏み入るなり、武蔵は大きく口を開けた。西洋御殿のように天井が高く、床も壁も顔が映るほどに輝いている。

大理石を窓枠にちりばめた切符売り場が左右両脇にあり、正面には壮麗な大階段が続いている。

「どんだけ金をかけたんだ。中がこんなだったなんて想像もしなかったな」

この劇場の隣が武蔵の職場の警視庁本庁なのである。

登庁するたびにこの建物を目にしていたのに、白亜の偉容を見上げるだけで、中をのぞく気にならなかった。田舎育ちが長かったせいだ。金持ちの匂いのする建物は入ろうとするだけで怯《ひる》んでしまう。

「上じゃないわ。こっちよ」

勇気を出して階段を上りかけたのに、夢子に呼び止められた。迷い猫を呼ぶように掌をくいくいとやっている。

「そこを上ったら客席に行っちゃうわよ。公演していないから、不審者に間違われちゃう」

「昼はやってないのか？」

「夜だけの劇公演が基本方針なの。昼は素人《しろうと》演芸に貸し出すか、たまに活動写真を上演するくらい」

「ならば、夜まで待たないと無駄足になるのじゃないか。俳優はまだ来てないんだろう？」

「昼は空き舞台を使って稽古《けいこ》するから話しかけるには狙い目なのよ。夜ほど、ぴりぴりしてなくて楽屋の畳にも上げてもらえるの」

（そういうものか）

武蔵は納得した。

「こっちこっち、急いで」

言われるままに風呂敷包みを提《さ》げた格好できょろきょろしながらついて行った。

夢子はめかし込んだ洋装で帽子も被っているが、武蔵は相変わらずの書生ふうだ。

というより、ほかの服を持っていない。

三階行きだとか、喫煙場所だとかを標示した吊り看板の下を通り過ぎ、さらに奥に向かう。

「お客様、そちらは関係者専用口でございます」

髪を結って着物の上に白い西洋エプロンをつけた女案内に呼び止められた。夢子は平然と顎をそらし、

「あたし劇場関係者なので、通るわよ」

臆面もなく扉を開けて奥の廊下に身を滑らせたので、武蔵もあわてて後を追った。

ほどなく、甲高《かんだか》く歌う女性の声が廊下の前方から聞こえてきた。「へえ」と唸りながら武蔵が進むと、視界が急に開けて周囲が広くなった。

電球が幾つも吊り下がり、道具や化粧台が雑然と置かれている。どうやら壁沿いに建物を半周して舞台の裏側に回り込んだようだ。歌声は天井から吊り下がった黒い垂れ幕の向こうから聞こえる。

「新しい歌を練習しているみたい。オペレッタね」

夢子は目を輝かせたが、素養のない武蔵には何がよいのか理解できない。騒音だとまでは言わないが、あんな大声でがならなくとも聞こえるのに、と思ってしまう。

「夢子じゃない。久しぶり」

と、廊下の向こうから着物の女性が盆を抱えて現れた。

顔がきくと夢子が自慢したのは本当のようだ。旧知の仲のように目を交わしている。

「今日は通し稽古をやっていて、誰も楽屋にいないわよ」

女性は手がふさがっているので、目で幕の向こうを指している。盆には大量の煎餅《せんべい》が積み上げられているので、おやつの仕度だろう。

「出し物は何なの」

頰を紅潮させて夢子が訊ねた。

「喜歌劇よ。『男爵夫人は災難尽くし』っていうの。一期生以外に外から有名な人も参加するのよ」

「誰なの、それ?」

「村橋蘭子《むらはしらんこ》。銀幕スターの」

「凄いじゃない。彼女、歌えるのね」

「スケジュールを全然空けてもらえなくて、開幕は四日後なのに今日が初参加なのよ」

「いきなり通しからなんて、大物は違うわね」

「そうじゃないの。主役が急病で突然交代。客寄せ目的の主役だから、一期生じゃない人に白羽の矢が立ったわけ」

村橋蘭子なら武蔵も好きなので耳をそばだてた。

去年の暮れに、蘭子が主演した『女俠客《きょうかく》お芳《よし》』を浅草《あさくさ》の《電気館》で二度も観た。

(蘭子かあ)

と頰を緩ませていると、夢子と話していた女性が武蔵にすっと目を移して、

「そちらは夢子の許嫁《いいなずけ》?」

とんでもない勘違いを口走るので、武蔵と夢子は同時に吹き出した。

「なぜあたしがこんな人と！」

（その気持ち、俺も同じだ！）

夢子は腹に手を当てて苦しげになるまで笑うと、

「違うの。この人はうちの下宿人。警視庁の刑事さんで、今日は仕事で来たの」

刑事というところを強く言って強調した。

「へえ？　全然見えない。着物着てるし、こんなに……」

弱そうなのに、とでも言おうとしたのか、女性は口ごもって最後まで言わない。

「こちら、裏方の小林満代《こばやしみつよ》さん」

と夢子に紹介されたので、

「虎里武蔵です」

男らしく胸を張った。

「今日はあたしの用じゃなくて、八丈教授に近づくために来たのよ。こっちの下宿人が教授と話をしたいそうなので」

（ちゃんと名で呼べ！）

むっとしたが、それは置いておき、

「教授は最近来ますか」

満代は目をまたたかせて、「ああ、それなら」と意味ありげに垂れ幕の方角を見やった。

「来るも何も、通い詰めですよ。演技を指導してもらってるんです。今も客席から舞台を観ています」

武蔵は驚いたが、夢子のほうは眉間に皺を寄せて満代に詰め寄る。

「どうしてそんなことになってるのよ。あんな無粋《ぶすい》な人にできるはずがないじゃない。歌もわからないでしょうに」

「そうでもないのよ。歌はともかく、芝居については的確なの。稽古をのぞき見て不満を言うので、試しに意見を聞いたら、演出家の先生が感心しちゃって」

「何それ。ふざけてる」

夢子は片足で床を踏み鳴らした。

武蔵は夢子の袖を引いて注意を促す。

「何よ」

「歌が終わったみたいだ。オペレッタってのは、歌と芝居で成り立ってるんだろ」

「それがどうしたのよ」

「次は芝居が始まって教授が指導するわけだ。百聞は一見にしかずと言うし、見てみようじゃないか」

夢子は呆気に取られた顔で武蔵を見つめた。

「かまいませんよね」

武蔵が満代の顔色をうかがうと、

「どうぞ」

と、笑ってうなずいた。

三

「はい、そこ違う！　君は今、人を刺してしまったのだろ？　刺したと気づいたとき、そんな顔はしない。それじゃあまるで蛙《かえる》を踏んづけたときの顔じゃないか。もっと真実味が欲しい」

一階最前列の楽団席の後ろに紳士が陣取って、舞台の上の女優を叱り飛ばしていた。

ねずみ色の胴着とズボンを着けてオレンジ色の蝶《ちょう》ネクタイを締めている。

（あれが八丈教授か。爺さんかと思っていたら若いな。口髭《くちひげ》のせいで厳《いか》めしく見えるが、きっと四十代の前半かその手前だ）

武蔵が舞台袖から顔だけ突き出していると、隣で夢子が真似をしてのぞき込んだ、と見るや、

「嫌だ。教授、村橋蘭子にだめ出ししている。正気なの？」

「えっ」

背中を向けているので気づかなかった。たしかに叱られているのは蘭子だ。

「だめだぞ！　そんな演技じゃ親が泣くぞっ」

（親は関係ないだろ。意味がわからないな）

武蔵が首をかしげながら眺めていると、

「あのう、先生」

ナイフをにぎった蘭子が顎をつんと反らせて抗議した。

「わたくしが演じている女主人は、間違って女中を刺したのですわ。計画的ではございませんの。予期せぬ出来事には、さっきのように、ひどく驚く感じでよいのではないですか」

すると教授の隣で本職の演出家だろう、台本の紙束をにぎった黒眼鏡の男が、

「先生、通し稽古ですので、中断はご遠慮を。それと……村橋さんには、なるべく文句は……その……」

最後の言葉はごにょごにょと耳打ちしている。その言葉が余計に教授を不愉快にさせたようだ。

「大女優だろうと、何だろうと、だめなものはだめだ。こんな芝居じゃ、やるだけ無駄だ」

（なるほど、手を焼く人だ。駄々っ子は追い出しゃあいいのに一目置かれるところが帝大教授たる所以《ゆえん》か）

そう思いかけたが考え直した。

（わざわざ演出家のほうから指導を頼んだほどだしな。今の場合もたしかに臨場感はなかった。村橋蘭子はこういう役は苦手なのかな？）

教授は、蘭子に向かって、にぎっていた上着を振り回す。

「なぜだめなのか、気づかないのかね。それでも役者か！　演出しているあんたもあんただっ」

演出家まで責め始めたので収拾がつかなくなった。

蘭子の隣の刺され役の女優はうつむいて泣きそうな顔だし、袖にいた出番待ちの者たちは「こりゃ時間がかかるぞ」と踏んだのか、引っ込んで水を飲んだり身体が固まらないようにするためか体操している。

「すみませんが台本読ませてもらえますか」

武蔵は振り返って裏方の一人が持っていた台本を借りると素早くめくった。速読は武蔵の特技の一つだ。その間にも演出家が、

「ええと、先生、わかりました。もっと大袈裟《おおげさ》に素《す》っ頓狂《とんきょう》に驚く。この劇、死んだと思った女中があとで生き返る話ですので、もっとおもしろおかしく――」

よせばよいのにそう言うものだから、

「そうじゃない。今の瞬間は本当に殺したと思ってるわけだろ。細部を積み上げなければ全部が嘘っぽくなる。ええい、わかる者はいないのか！」

教授は声を張り上げて周囲を見回した。

武蔵は台本をたたんだ。

（たぶん、わかったかもしれない）

客席の教授に向かって声をかけた。

「俺が答えてもよいですか！」

夢子が仰天した顔で武蔵の袖を引っ張ったが、かまわず舞台上に歩み出る。

どうせ教授とは話をすることになるし、このやり取りには刑事として興味がある。

「誰だ、あんた。関係ない人はすっ込んでろ」

武蔵に対しては強気の演出家が怒鳴ったが武蔵はかまうことなく喋り続けた。

「台本によれば、村橋蘭子さんの役は知的で常識あふれる人物です。そんな人間が人を刺せば驚くより先に恐怖を憶えます。それを演技すべきだ」

教授が目を見開き、上着を振り回す手を止める。

「それで？　具体的にはどう演じる」

武蔵はナイフをにぎる真似をして、身体の前方にぐっと突き出して見せた。

「女性の胸なら肋骨をはずせば、ざくりといく。最初は戸惑って呆けた顔をしてもよいが、次の瞬間には正気を失うか、本能で叫び声を上げる。驚きは、見ている人が感じるものであって、刺した当事者には湧かない」

皆が棒立ちで武蔵を見つめる中――一人、教授が拍手する音が鳴り響いた。

「正解だ。君は誰だ。初めて見る顔だな」

武蔵はぺこりとおじぎした。

「虎里武蔵、警視庁の刑事です。事件の助言をいただくために来ました」

教授は口を半開きにした。

「本職さんか。道理でさすがだ」

上着の袖に腕を通し、背を向けて出口のほうに歩き始めたので、

「先生、どこに」

演出家があわてる。

「君らの芝居より彼のほうに興味がある。好きにやってくれ」

武蔵を振り返り、

「どうした、来たまえ。私の話を聞きたいのだろう。お茶でも飲みながらやろうじゃないか」

「はい。是非お願いします」

武蔵は勢いよく返事をし、舞台を駆け下りて教授を追いかけた。夢子がばたばたとあとに続く。

武蔵の腹が大きくぐうと鳴ったので、教授は笑い顔になった。

「昼食がまだのようだな。ならば食堂に行こう。何が食べたい。和食の店も外国食の店もそろっている。言い当てた褒美におごろう」

武蔵の胸が高鳴った。ならばと、

「ではハヤシビーフを出す店で」

勢い込んで答えた。

昨夜も食べたがいくらでも食べられる。一度、店の味を試してみたかったのである。

四

二階の大食堂は小学校の体操場よりも広く、シミ一つない純白の布を掛けた洋卓《テーブル》が奥までずらりと並んでいた。

武蔵にとっては気後れする光景である。二時過ぎなのに日曜日のためか、三分の一が埋まっている。正午であったなら、すべての席にぎっしりと人の頭が並んでいたのかもしれない。

（想像すると怖いな。十年前の日本では考えられなかった光景だ）

詰襟服の給仕《ボーイ》が品書きを武蔵たちに手渡す。

「君はハヤシビーフだったな。華山女史は何にするんだ」

向かいに座った教授がにやにやしながら夢子に訊いた。

（嫌いな人のおごりでもよいのか？）

武蔵が隣から顔をうかがうと、

「あたしはスコッチエッグとパンでお願いします」

そこは割り切っているらしく、当然のように希望を言った。

「よい選択だ」

教授は、給仕を見上げる。

「スコッチエッグ定食をパンで。それとハヤシビーフ。私は珈琲《コーヒー》を頼む」

給仕は書き留めると、靴音とともに立ち去った。

「さっき差し入れを食したので腹は空いていなくてね」

武蔵たちのほうに顔を戻す。

「それにしても華山女史に刑事のご友人がいて、私に会わせるために連れて来たとは驚いたよ。てっきり私を誤解して嫌っていると思っていたのだがね」

手をこめかみにあてて、さする真似をしている。おおかた、そこを夢子がひっぱたいたのだろう。

「好きで来たのじゃありません。うちの下宿人が紹介してほしいと泣いて頼むので仕方なく」

(泣いて頼んでいない。それに名前で呼べ)

上辺は大人の余裕を演じてほほえんでいる武蔵である。

教授は笑い声を上げながら、

「さっそく君の話を聞こうじゃないか。でないと私はまた余計なことを喋ってこの人に叩かれそうだ」

冗談めかしてまたこめかみをさする。

（こういう、しつこい言動が嫌われるのだろうな。悪い人物じゃなさそうなんだけど、人をからかいすぎる）

自分なりの評価を下して、話を切り出した。夢子が聞き耳を立てているのが余計だが、教授がせっかく乗り気なのに場を変えるわけにはいかない。

まずは一通り、事件のあらましを語った。

「つまり君は、その農夫が犯人ではないと考えているのだね」

聞き終えて教授が、ぼそりと訊ねた。髭に珈琲がつかないように口を尖《とが》らせて飲んでいる。

「どうしてそんなへまをやらかしたのよ。無実の人を死なせたなんて、刑事が聞いて呆れる。よく平然としていられるわね」

夢子に痛いところを突かれた。

「だからこうして納得がいくまで調べようとしてるんだろう」

武蔵が憤慨すると、教授がくすりと笑う。

「私の意見を聞きたいと思った理由は何だね。つながりが見えて来ないが」

武蔵は身を乗り出す。

「ハナの首にあった指の痕です。親指だけでも八つ、犯人は四度に分けて絞めたんです。このわけを考えました」

教授は武蔵の目をじっと見る。

「ふむ。躊躇《ためら》ったためではないと思うんだね？」

「父親が犯人でないなら躊躇以外の理由がなければなりません」

「理詰めで行くとそうだよね。私は好きだよ、そういう思考法は」

教授も顔を寄せて探る目つきで睨む。

「君が思いついた仮説は、ズバリ何だね。もったいぶらずに教えたまえ」

「変態殺人が真相だったのではないかと思うんです」

教授は大きく口を開けた。

武蔵は持参した風呂敷包みをほどき、一冊の本を取り出した。

「『色情狂編』か！」

教授が大声を上げる。

遠くまで聞こえたらしく、向こうの客が面をしかめてこちらを窺《うかが》っている。教授は声を低くし、

「珍しい本を持っているな。文化人と医者以外で所持する人に会ったのは初めてだ」

「何なの、その本。いやらしげな題名」

夢子が顔をしかめて睨みつけているので武蔵はあわてた。

「ちゃんとした学問書だよ。独逸人のエビング博士が書いた医学書だ。刑事の俺が、いかがわしい本を持ち運ぶわけがないだろう」

教授が笑いながら助け船を出す。

「きわめて画期的な書なのだよ。性にまつわる病的な欲望を世界で初めて解説したものだ。十九世紀に出版されたが、いまだにこれを超えるものはない。変態にまつわるすべての学問はドクター・エビングで始まったと評しても過言ではないんだ」

夢子のぽかんとした顔を見て教授が問う。

「華山女史は女優志願なら小説をたくさん読んでいるのだろう？」

「もちろんよ。読書と人間観察は演技の基本勉強だもの」

「谷崎潤一郎の『刺青《しせい》』は読んだかね」

夢子は口をつぐんだが顔を強《こわ》ばらせたので読んだのだと武蔵には知れた。

女性の肌の美しさに取り憑《つ》かれた刺青師《ほりものし》が、理想の女性を五年をかけて見つけ、麻酔で眠らせて背中に蜘蛛《くも》の絵を彫《ほ》る話だ。

刺青師は日頃より、彫られる男たちが苦痛に悶《もだ》える様を見て笑いを漏らす嗜虐《しぎゃく》的な男なのだが、小説の最後では蜘蛛を彫られた女性の虜《とりこ》になって支配される。

三年前に発表された谷崎の処女作だが、文壇の評価は低い。反面、非常識な内容に衝撃を受ける者が多く、一連の谷崎作品には熱狂的な読者がついている。

「あたし、谷崎の小説は嫌いです」

「そう答えるということは、読んだのだね」

「役者さんがぜひ読めと勧めるもので」

「嫌いな理由は何だね」

「理解できないんです。人をいじめて興奮したり、いじめられて歓《よろこ》ぶことが不潔に思えて。人はそんなことをしちゃいけないと思います」

「ふむ。世間の大多数はそういう見識の持ち主だ」

教授は代わって武蔵に目を向け、

「君の感想はどうかね。『色情狂編』に手を伸ばすくらいだから『刺青』は読んでいるだろう」

武蔵は「はい」と答えて、正直な気持ちを打ち明けた。

「俺には理解できます。俺自身はそうじゃありませんが、不潔だとは思わない。そうした性《さが》の人が世の中にいることを不思議に思わないし受け入れられる」

教授は満足げにうなずき、

「それがさっき君が舞台で見せた洞察力の下地になっている。君には一線を超える者の心理がわかる」

教授は本を受け取って裏表紙を開いた。

「これはまた——明治二十七年とあるな。初版本か。出版されたあと、こいつは一時期、本屋から姿を消したのだったな。政府が発禁処分にしたと流言が流れて店主たちが出版元に送り返したんだ。私は原著で読んでいるので困らなかったがね」

「この本は古本屋で見つけたんです。ハナ殺しの捜査に役立つ書物がないかと漁《あさ》っていて——栞《しおり》を挟《はさ》んである箇所を読んでください」

教授は栞に指を当てて開き、文字を追った。うんうんとうなずきながら読み終えて、光る目を武蔵に向ける。

「なるほど。ここに書かれた殺人鬼の動機と今回の殺しが同じかもしれないと考えたわけだ」

「はい。病的加虐症による淫楽《いんらく》的殺人です。殺すことよりも、首を絞めることに意味があったのではないかと」

「見せてよ」

夢子が本を受け取って目を落としたが、とたんにうめき声を上げて口を手で押さえた。

幾度も読んだので武蔵はもう覚えている。十九世紀の事件で、犯人の名はウインセンツ・ウエルツエニ。四人の女性を殺害したが、すべて窒息死か絞殺である。女性の頸部に触れるだけで快感を憶え、扼殺して血をすることが性行為の代わりであったと書かれている。陰部に触れて性的加害をなすことには、興味を持たなかったという。

「な、ハナの事件と共通点がある」

「気味が悪い。もう嫌」

夢子は投げるようにして本を武蔵に戻した。そこへ、タイミングが悪く、

「お待たせいたしました。お食事でございます」

スコッチエッグ定食とハヤシビーフが運ばれて来たので夢子はげっそりした顔をし

た。

　武蔵一人が歓声を上げ、

「ご馳走していただいて恐縮です。いただきます」

　匙を手に取り、しばし、ぱくつく。

「美味いなあ」

　夢子の醬油味も美味だがこれもいけると思った。洋食は初めてなので味を喩《たと》えようがないが、今まで口にしたことのない香辛料や調味料を使っているとわかる。

「あたしのぶんも食べてよ。吐きそうなの」

　一口も食べていないスコッチエッグの皿を武蔵のほうに押しやったのを見て、

「持ち帰るといい。包ませよう」

　教授が給仕を呼びつけて折り詰めにするように命じた。

「食べながら話そうか」

　教授は、ぬるくなった珈琲をごくりと飲む。

「君の着眼点は素晴らしい。たしかにウエルツエニのような犯人だと仮定すれば複数の親指の痕に説明がつく」

　武蔵は口の中の米とハヤシソースを呑《の》み込んで、

「そうなんです。絞めることで性的興奮を覚えるわけなので、一度で殺すのはもったいないと考えたはずなんです。引き延ばそうと思い、絶命する寸前で力を緩めて息を吹き返させた。また絞めては死にそうなところで緩める。半死半生で喘《あえ》ぐ様を見ることで興奮の高みに達した――」

「もうやめてよ。あんたも変態の一味なの！」

夢子が耳を両手で塞ぐ。

「だが、証拠はないぞ」

と教授。夢子を無視して話に夢中だ。さっきは気をきかせて折り詰めを思いついたのに、こういうところが無神経なのか。だがそれは武蔵も同じで、夢子にはすまないが、教授と議論をしなければならない。

「証拠についてはおっしゃるとおりです。今のところ、口減らし説をくつがえすことは困難です。咲次郎の指紋がついた円匙という物証がありますし」

武蔵は最後の一口を呑み込んだ。

「ご馳走様でした。美味《おい》しかったです」

喉を鳴らして水を飲み、あらためて身を乗り出した。

「手掛かりを見つけるために、先生のご意見をうかがいたいんです」

「何だね。もう君が推理してしまっているように見えるが」

「ウエルツエニは四人も殺しました。でも知能は低くなかったと書かれてあります。変態殺人とは、自制がきかずに繰り返してしまうものである――そのように考えてよいのでしょうか」

「ううむ」

教授は、はじめて言い淀《よど》んだ。

「私も断言はできない。変態犯罪学は始まったばかりの新しい学問なんだ。考えてみたまえ。金のためでも恨みでもなく、ただ楽しみのために人殺しをする――そんな変態が存在するなんて、君たち警察だってすぐには思いつけないわけだろう。日本ではこの書に記されたような事件例は一つも見つかっていないんだ。警察ができて数十年と歴史が浅いためだし、大きな戦争が定期的に起こったせいもある」

「支那《シナ》や露西亜《ロシア》との戦争ですね」

教授はうなずく。

「維新前後の騒乱期も同じだ。殺人鬼が堂々と事をなせる好機だった」

武蔵は思いを馳せた。戦争では人を殺しても罪に問われないし、敵兵を多く殺せば賞賛すらされる。殺人鬼が好んで戦場に赴き、人を殺しまくったことは想像に難くない。

略奪、強姦など民間人への犯罪も戦場ではなかったことにされる。大手を振って欲望を満たせる絶好の場所だ。

(逮捕事例が今までない理由の一つは騒乱を隠れ蓑《みの》にしていたためか。思い返せば江戸時代の辻《つじ》斬りなんてのも、その手合いだったかもしれないな)

教授はもう一度本を手に取って文字を目で追うと、武蔵に顔を戻した。

「理論化するには材料が少なすぎるが、わかっている事実に目を向けよう。捕まる危険を理解しているにもかかわらず繰り返した。欲望を抑えきれなかったと考えるべきだ。他の変態殺人鬼たちにも当てはまる可能性は高い」

武蔵は微笑した。今日一番訊ねたかったことの答えが得られた。

「ならば、ハナ殺しの犯人も、きっと余所で繰り返していますね」

教授は、驚愕《きょうがく》した顔で武蔵を見た。

「君はその線で当たりをつけるつもりか。今回は逃げ切れた犯人も、ほかの殺しで手掛かりを残しているかもしれないと？」

夢子が武蔵の肘《ひじ》をつつく。

「いいかげん、諦《あきら》めたらどうなのよ。あんた一人が粘っても限界があるでしょ。あんたの考えたその説だって真実とは限らないわけだし」

武蔵は顔を横に向けて、夢子の目を強く見返した。

「諦めきれないいんだ。いや、諦めちゃいけないいんだ。さっきお前も言ったじゃないか。よくそれで刑事をやっているなと。この犯人を野放しにするなら俺には刑事でいる資格がない。咲次郎さんやハナちゃんにあの世で合わせる顔がない」

夢子は気圧《けお》された顔になった。

「それに今後も殺される者が出るんだぞ。そうとわかっていて放っておけるか。誰かが捕まえなきゃならないいんだ」

夢子が黙り込んだので、代わりに教授が、

「あいにく、私も華山女史の意見に賛成だ。一人でやれることには限りがある。ほかの刑事はどんな意見なんだ。君を助けてくれるのかね」

武蔵は「残念ながら」と首を横に振った。

「応援要請はできません。同一犯の事件記録でもあれば協力してくれるでしょうが、見つからなかったんです」

昨日、こっそり本庁に顔を出し、記録室に入り浸って事件記録を閲覧したのだった。

児童扼殺事件に絞って、過去十年分を調べ尽くした。手口が似ていて逃げ果《おお》せているなら同一犯の疑いがある――。

そもそも、性行為の痕跡がなく、かつ、扼痕が複数ある犯行となると、見出せなかった。西多摩郡でハナの遺体を目撃したときに、誰も連続殺人犯を思い浮かべなかったのは、過去にかかわった事件で似たものがなかった証《あかし》だ。

「ならば、無駄足になるのじゃないかね。なぜまだ調べるんだ」

教授が眉間に皺を深く刻む。

「本庁の記録はザルなんです。所轄署は本庁にすべての情報を上げるわけではないんです」

教授は呆気に取られた顔をした。

「刑事課は所轄署司法係の元締めではないのか」

「本庁は所轄署に手綱をつけることもできちゃいません。明治以来、事件捜査を所轄署に頼ってきたせいで、刑事課は指揮権限を持たないんです」

教授はぽかんと口を開けた。武蔵は力を込めた声で訴える。

「なので、俺は所轄署の記録を調べ上げるつもりです。本庁が知らない事件があるはずですから」

上には通さずに直《じか》に所轄署に頼み込むつもりだった。重沼係長は死んでも署長たちに頭を下げたくない男だし、提案しても許可されるはずがない。

捜査の終結を宣言した手前、認めれば自分の決定に落ち度があったことにもなる。せっかく隠蔽した不始末をあらためてさらすはずもない。

上を飛び越えて所轄署に持ちかけることは賭けだ。望みの記録はあるかもしれないし、ないかもしれない。

重沼にばれれば今度こそ確実に武蔵の首が飛ぶ。手掛かりをつかむまでは所轄署に口止めしなければならない。

だが、成算も見込める賭けだった。本庁との確執を逆手に取って所轄署の競争心を煽ればやれそうな気がする。

真犯人が存在する証拠を重沼に突きつけたあとでなら、懲戒免職になってもよい。刑事を続ける資格があるのかを悩む手間が省けるというものだ。

「もう一つ、助言をいただけますか」

「何だね」

「先生は変態の事例を集めていらっしゃいますよね」

「そうだが？」

教授は目を輝かせて身を乗り出した。

「俳優、遊女、監獄の囚人に、非公認宗教に集《つど》う人々、最近では怪しげなサービスを提供しそうな飲食店の女給など――人より変わっていそうな人物を訪ね歩いては聞き取りをやっている。大変だが、学問の発展のためだ」

大変と口にしながらも口舌《こうぜつ》は生き生きとしている。

「この事件の犯人はどんな奴でしょう。外見とか、年齢とか、人物像が描けますか」

教授は途端に表情を曇らせて息を吐いた。

「申し訳ないが、見当もつかないな。変態にもいろいろあって、知能の高い変態ほど外見を繕《つくろ》うことに長《た》けている。我々にまぎれていて見分けがつかないだろう」

武蔵の落胆した様子を見つめて、教授はふっと微笑した。

「残念そうな顔をするな。外見はともかく、手口に特徴があるのが変態だ。自分の変態ぶりにはこだわりがあって、やり方を変えることをしない。今回に当てはめるなら、同じ状況を再現しなければ性的興奮は得られまい」

「俺もそうじゃないかと思って児童扼殺犯に絞り込んだんですが――そうだ！」

思いついて訊ねた。

「殺す対象についてはどうでしょうか。手口が似るなら、犠牲者の特徴も似たりするんですか」

教授は、武蔵をしばらく見つめた。

「似るかもしれないな」

とつぶやく。

「恋愛で好みの相手が決まっているのと同じですね。犠牲者は女児で、年齢も十歳以下に絞ればいい」

教授はすっかり冷めた珈琲を飲み干した。戻されたカップが皿の上でカツンと音を立てる。

「私が助言できるとしたら、まあ、こんなところかな。しっかり頑張ってくれたまえ」

夢子が、さっきよりも強く脇をつついた。

「ねえ、非番は今日までだったでしょ。休みがちょっとしかないって、いつもぶうぶう言ってるじゃない。時間はどうやって作るのよ」

「そこが問題なんだ」

武蔵は肩を落とした。

事件を受け持てば本庁や現場に泊まり込みになる。夜も自由に使える時間はないし、片手間にやれるものではない。

困り果てる武蔵の脳裏に、ひょっこり、溝口班長のすました顔が浮かんだ。

五

「明日から十日間、また休みたいって？　お前、自分の言ってること、わかってんのか。事件が山積みで俺たちを待ってるのに、一人だけ遊びたいって言ってるんだぞ！」

教授に会った日の夜である。赤坂《あかさか》区にある溝口の自宅を訪ねた武蔵は、頭ごなしに叱りつけられた。

うなだれて玄関の三和土《たたき》に立ち尽くしていると、

「あんたぁ、何を犬みたいにキャンキャン吠えてんだい。せっかくお燗にしたのに、お酒、冷めちゃうわ」

なぜか聞き覚えのある女性の声が、廊下の奥の襖の向こうで響いた。続けて声の主が襖を開けて顔を半分のぞかせる。

「村橋蘭子さん！」

思わず武蔵は叫んだ。蘭子も口に片手を当てて武蔵を見つめている。

顔半分ならわからないと思ったのだろうが、昼に聞いた声が耳に強く残っていた。単衣《ひとえ》がはだけて胸元近くまで見えている。口調も昼に聞いたすかしたふうではなく、女を丸出しにした甘える調子だ。

「どういうことですか」

蘭子はぴしゃりと襖を閉めた。

武蔵は溝口の顔を見すえた。

小津が教えてくれたこの家は、溝口の父親が妾《めかけ》を住まわせるために購入したものだと聞かされていた。妾は余所に移り、倅《せがれ》の班長が譲り受けたらしい。夫婦住まいをしているとは一言も聞いていない。

（どう見ても、蘭子と男女の関係だ……）

本庁には独身の一人暮らしと届け出ているのに、齟齬《そご》があるのは問題だ。しかも相手が有名女優となれば世間が騒ぐ。父親の権力で懲罰は免れたとしても、人目を忍んで会うことは叶わなくなるだろう。

溝口は、うめき声を上げながら武蔵に背を向けた。

「出て来るなと言ったのにぃ……」

片手を振り上げたまま、蘭子が閉めた襖を見つめている。

肩が大きく上下したと思ったら、不自然な笑みを浮かべて武蔵に向き直った。

「理由は何だ」

「え？」

武蔵が戸惑っていると、

「休みの理由だ。係長に説明するのに要るだろうが」

呆気に取られた。告げ口されないための交換条件にするつもりだ。

「十日はいくらなんでも無理だな。半分の五日にしとけ」

さっさと一人で話を進めている。

「で、理由だ。当然あるだろ」

「はい……」

うなずいたものの困った。再捜査を口にして許されるはずがない。

「兄貴が祝言《しゅうげん》を挙げるので……」

たしか、もう結婚したはずだが嘘も方便だ。――が、

「馬鹿。お前の実家は北豊島《きたとしま》で府内じゃないか。行き来するだけで五日もかかるわけないだろう。もっとましな嘘をつけ」

嘘だとばれているならと開き直り、

「ええと。兄貴が死んで葬式に出るので」

「不吉だろ。本当にそうなったらどうする。口に出すと言霊《ことだま》になって実現することを知らないのか」

意外に迷信深い。

「じゃあ、俺が風邪《かぜ》をひいて」

「やめたほうがいいな。最初から五日も治らないとわかっているのが変だし、健康に不安があるとなれば、お前、首を切る口実にされるぞ。西多摩郡でのへまを忘れたか」

「そうでした……」

それ以上は思いつかずに悩んでいると、

「こうしろ。東北か九州あたりに恩人がいて、祝言を挙げるので駆けつけることにしろ。遠方なら往復と滞在で五日かかってもおかしくない。万一を考えて実在する人の名を出したいが、誰か知人はいないか」

少し考えて、武蔵はぽんと手を打った。

「博多出身で八王子に住んでいる磯村辻太郎という人がいます。陸軍将校の娘さんを娶る予定ですが祝言はまだらしいです」

西多摩郡に行く汽車で知り合った男の名を出した。迷惑をかけるわけではないのでいいだろう。

「それでいこう。将校の関係者なら、係長も問い合わせを控えるはずだ。それから、お前は、明日は登庁しないほうがよいな。嘘が苦手だから顔でばれる。得意な俺が言いくるめといてやろう」

嘘が得意とはどういう人だと思ったが口には出さない。溝口にまかせておけばうまくいきそうだ。

「ところで、本当は何をするつもりなんだ。休みまでとって」

気づくと溝口が目をのぞき込んでいるので武蔵はあわてた。

(この人、意外なところで頭がまわるものなあ。何て言い訳しよう?)

考えていると、

「まあいい。言える理由なら最初から言ってるだろうしな」

あっさりと溝口は退いた。

「警察手帳は持っていくんだよな」

武蔵はどきりとした。非番であっても警察手帳や名刺は携行するように「服務心得」で定められている。

なので当然、携帯するのだが、溝口が知りたいのはそんなことではないだろう。手帳を使わなければならない用事なのかと訊ねているのだ。

武蔵が口ごもっていると、

「お前の手帳だ。好きにしろ」

溝口は鼻で、ふん、と笑った。

「これだけは言っておく。やるならうまくやれよ。俺に迷惑をかけるな」

武蔵は溝口の顔を見つめながら固まった。

(お見通しみたいだ。顔に出るのは本当らしい)

観念して、

「はい」

と頭を下げる。

「成果が出たら真っ先に教えろよ。親父が本庁を視察するのは五日後だ。そのときまでに俺が威張れるネタを作れ」

驚きながら顔を上げると、溝口はもう背を向けていた。

六

その夜、武蔵は布団に横になって五日間の計画を練った。

明日から所轄署の記録を調べ歩くとして、東京府には四十八署がある。一日に五署をまわれたとしても五日で二十五署——半数にしか届かない。

（どこを優先するかが大切だな。成果が見込めそうにない署は除外すべきだ）

真っ先に青梅署は外すことにした。青木の話では、青梅署も連続殺人に気づけなかった。本庁と同様に似た事件を経験していないのだ。

（この犯人は、同じ管内では二度とやらないのかもしれないな。協力し合わなければ追い詰められやしないのに、遺体のそばで喧嘩なんて、どうかしている）

現場で言い争っていた重沼係長と朱雀署長の呆れた姿が脳裏に蘇《よみがえ》った。ハナがあの世で見ていたなら、がっかりして泣いている。

と、そこで、矛盾に気づいた。

（朱雀署長も遺体を見たはずだ……なのに、連続犯を疑わなかったのはどうしてだ？）

本庁と所轄署は犬猿の仲だが、署同士はつるんでいるのである。本庁に対抗するという共通の目的意識で四十八署は連帯している。

毎月の締めくくりの月曜日に、署長会議という名の連絡会議が開かれる。四十八人の全署長が新橋《しんばし》の料理屋に顔を連ねて、気になる情報を出し合うのだ。

未解決の殺人事件なら話題に上るだろうし、同一犯らしき殺人鬼が跳梁《ちょうりょう》しているとなれば色めき立って協力体制を敷く――。

（……署長会議では見過ごされているんだ……）

なぜだ？　疑問が渦巻いた。

（発生間隔が開きすぎていて、同一犯だとみなされていないのか？）

昼間の教授との議論を思い起こした。

（欲望は抑えきれないと言っていたが、問題は間隔だ）

署長の任期は二年以上もあるのに、四十八人がそろって類似事件を見過ごすほどに間隔が空くだろうか？

（次の騒乱期が来るまで辛抱するはずがない。ひょっとしたら、監獄にでも入っていて、数年以上、犯行に及べなかったのか？　渡航していて日本にいなかった可能性もあるな。待てよ。ハナが連続犯行の最初の一回目なら、青梅署がぴんと来ないのは当

たり前だし、どの署で調べようが手がかりは出ないことになるぞ）

「ええい、クソ。しっかりしろ、武蔵」

自分に活を入れて、発覚していない理由を考えるのはやめた。

結論を出せない問題を今心配してもしょうがない。

ともかくも着手することだ。

（手始めは古巣の板橋署に当たる――それしかないな）

板橋署以外では、本庁刑事の肩書きを持つ武蔵は門前払いになりそうだった。

追い払われるだけならまだよいが、最悪は、本庁に問い合わせがなされるかもしれない。

（他署へは、板橋署から口添えしてもらえるとありがたいな……四十七署すべてに口を利《き》いてもらえるかなあ――）

ふと全署に効率よく依頼する方法が頭に浮かんだ。

（明日、板橋署に行ったときに提案してみよう。でも、まずは板橋署の記録で目星をつけないとな。説得力がないと何を提案してもはねつけられる）

いろいろ考えているうちに、目がぱっちりと冴《さ》えてしまった。非番日なので朝ぐっすり寝すぎたせいもある。

(板橋署か……ほんの三ヵ月前までいたのに、もう懐かしく思えるなあ。六年間も働いた署だしな……)

楽しい出来事もあれば、冷や汗をかいた記憶もある。

一番の思い出はピストル強盗だ。あれは、武蔵が交番所に配属されて五年目の冬だった……。

七

「ピストル強盗が管内に戻っているぞ！　板橋遊郭《ゆうかく》で目撃された！」

交番所の前で立番している最中、本署で休憩していた同僚の山下《やました》巡査が息を切らして走って来ると、立っている武蔵に怒鳴り声を上げた。

「穴伊《あない》里次《さとじ》か。舞い戻ったのか」

武蔵は全身が粟立《あわだ》つのを感じた。

中丸《なかまる》村の小作で十七歳になる穴伊里次が、下板橋《しもいたばし》宿の堀北《ほりきた》農商銀行で千円を強奪したのは二十日前だ。

千円は総理大臣の月俸に匹敵する額である。大臣なので一月《ひとつき》ぶんだが、小作にとっては目にすることもできない大金だ。

里次は痩せ細った体型なので、男性行員が二人がかりでつかみかかろうとすると、ピストルを天井に向けて発砲したらしい。腰を抜かした行員たちは里次の言いなりで、紙幣を数えて差し出した。

札束を風呂敷に包んで里次は東京市内に逃走した。この時点で身元は割れていなかったが、里次が奪ったピストルの持ち主である郵便配達夫の証言で里次だと知れた。里次の家は、交番所から歩いて十五分の武蔵の受け持ち区域にある。事件直後に司法係が踏み込んだが、病で伏せた母親が一人いただけだった。里次は母親と二人暮らしだったのだ。

「ほかにもタレ込みがあって、この界隈に逃げ込んだらしいぞ。外勤巡査は全員で捜せとの命令だ。指図するだけの連中は気楽でいいな」

えらいことになったと武蔵は身構えた。

「ならば、どこをまわるか急いで決めないとな。ピストル相手なら二人一緒のほうがいいぞ」

足踏みして、かじかんだ両足に血を送った。十一月の寒空の下で立ち続けていたので身体じゅうが強ばっている。立番は夜であろうと土砂降りであろうと外にいなければならない決まりだ。

　山下は、だが、しかめた面を武蔵に寄せると、

「ちょっと待て。ここは今、俺とお前の二人だけなんだぞ。内村《うちむら》は警邏《けいら》中で連絡がつかないし、ピストル相手に俺たちでどうやり合えってんだ」

　交番所勤務は三人一組で警邏と立番と待機を繰り返すのである。

　警邏は本署から直に受け持ち区域に向かい、巡回してまた本署に戻る。待機は本署内で身体を休める。唯一、交番所にいるのが立番だが、屋外で立ち続ける決まりなので何のために建物があるのかよくわからない。

　同じ交番所の巡査同士で連絡がつかないのは日常茶飯事だし、なぜこんな制度にしたのか、官僚の考えることは疑問だらけだ。

　こいつ何を言い出すつもりか、と武蔵は訝《いぶか》りながら、

「どうやり合うと言ってもやるしかないだろう」

　山下はますます声を低くして、

「気のいいお前なので言うが、俺は死にたくない。穴伊がいそうにない場所を見回ることにする」

　武蔵はのけぞった。

「それはよくないぞ。せめて居場所を突き止めるくらいして巡査の役割を果たせよ」

「お前がしたいのならそうしろ。俺のことは告げ口なしだぜ」

「待てってば」

つかむ手を振り切って山下は逃げてしまった。

武蔵は茫然《ぼうぜん》として取り残された。

（一人になってしまったな……。どうする）

交番所は巣鴨《すがも》村の大字池袋《おおあざいけぶくろ》に近い場所にあった。周囲は収穫を終えたばかりの芋畑で遮蔽物はない。

（こんな場所で出くわしたら、それこそピストルのいい的じゃないか）

ヒヤリとしながら腰の日本刀の洋拵えをにぎり締めた。

郵便配達夫には所持を許可されている護身のピストルが、もっと危険な巡査にはなぜ許されていないのだ！

叫びたいところだったが、

（いや、許可されていなくてよかった）

と、思い直した。

（俺も持っていたら相撃ちになる。俺は里次を殺したくない）

実は顔見知りなのである。

受け持ち区域の住人なので、飽きるほど会っている。

里次は無愛想で無口な男であったが、母親は武蔵の制服の袖を離さず石つぶてのごとく愚痴をぶつける人だった。

夫は馬に蹴飛ばされて死に、ほかの子は流行病《はやりやまい》で一人残らず逝《い》ったと耳にタコができるほどに聞かされた。

寡黙に母親の世話をする里次を、母親は「うすら間抜け」といつも罵《ののし》っていた。

苛立ちを倅にぶつけるしか心を鎮める手立てがなかったのだろうが、看病と重労働のほかに人生らしきものを持たない里次はどんな気持ちだったろう。笑った里次の顔を見た記憶がない。

(強盗に走るほどに追い詰められていたなんてなぁ……。全部が嫌になって弾けたのだろうな。世の中への怒りに身をまかせたのか)

板橋署は指名手配をし、市内の署に協力を要請した。こうなると世間に慣れていない里次が逃げ切れるものではない。

飯屋にさえ人相書きが張られている。観念した里次は遊郭で思い出を作り、幕引きを図るつもりで故郷に戻った――。

と、ここまでは、想像できる。

（どうして、ここなんだ。なぜここが、終いの場所なんだ？）

母親を殺して自分も死ぬ気か？　日々の二人を眺めていた武蔵には冷え切った母子関係がわかる。

が、一緒に心中するほどの思いがあるなら、強盗の直後に金をいくらかでも母親に渡していそうだ。

憎しみが殺害動機なら金は渡さないだろうが、その場合は強盗をする前に真っ先に母親を殺したのではないか？

（考えろ。里次にはほかに行きたい場所がきっとあるんだ）

記憶を総動員した。武蔵は受け持った住民の情報を暗記している。あらたまって聞かせられる言葉よりも、予期せず耳に挟む戯言《たわごと》や恨み節のほうが真実を映していることがよくある。

里次は小学生のときに、担任だった黛《まゆずみ》幸代《ゆきよ》を好いていた。父親が生きていて繁忙期以外は通学を許されていたころの話だ。同級生たちは里次の恋心を知って執拗にからかった。今でも近所で里次といえば必ず出てくる笑い話にされている。

（里次は幸代にまだ思いを寄せているだろうか。母親以外に女気がまったくない暮ら

しだ。可能性はある)

　武蔵は幸代の家に向かうことにした。

　まず里次が通っていた小学校に足を運び、泊まり込みの雑徭《ぞうよう》に、幸代の住所を教えてもらった。

　北の金井窪《かないくぼ》である。他所の受け持ち区域なので勝手がわからない。金井窪の界隈まで行き、

「黛家はどこだ。小学校教員をやっている女性のうちだ。急ぐんだ」

　人に訊ねながら駆けた。

　走るうちに、疑念は確信に変わった。

(今日は日曜日なので幸代は家にいる——里次はそう踏んで今日を選んだのではないか)

　よくないことをやらかすつもりか？　胸騒ぎが武蔵を休むことなく走らせた。

　果たして、幸代の家が見える位置まで人気のまばらな農道を駆けてやって来たそのとき、家の前で一人ピストルをにぎって立ち尽くす襤褸《ぼろ》着物の里次に遭遇したのである。

「穴伊里次！　動くな！」

咄嗟に叫んで歩み寄ろうとした。

(幸代を襲って心中するつもりか)

家屋に目を走らせれば窓の板戸の隙間に、外をうかがう家人の視線がある。

「裏から逃げろ！　ほかの巡査を呼べ！」

目を戻すと、里次のじっとりとした視線がからみついた。

「邪魔しやがって……あと少しだったのに……」

里次は銃口を武蔵に向けた。

「待て。早まるな」

里次の目が皿のように広がる。

武蔵は吸い寄せられて凍りついた。洞穴《ほらあな》のような暗い目だ。世の中すべてに愛想が尽きた目だ。

(だめだ。話して聞かせられる目じゃない)

弾の出口は真っ直ぐに武蔵の胸に向いていて、この距離では外れようがない。

右にも左にもよけられない。少しでも動けば弾丸が飛んで来る。

引き金にかけられた里次の指がぴくんと動いたので、瞬間、武蔵は死を覚悟した。

(俺は死ぬのか。兄貴に仕送りできなくなったな)

この期《ご》に及んでそんなことを思った。短かった人生のさまざまなことが線香花火の炎のように頭に明滅する。

だが、里次は引き金を引き切らなかった。

まだ自分が生きていると知って、武蔵は唾《つば》を呑み込み、今度こそと機をうかがった。

瞬くほどの時間が永遠のように過ぎる。

やれるのは走って飛びつくことだけだ。取り押さえればそのあとで死んでも役目は果たせる。が、

(死にたくない)

今更、未練が押し寄せたのである。さっさと逃げた山下の気持ちがやっとわかった。

山下には呆れ果てたが、武蔵のほうが本当の意味で馬鹿だった。

なぜ先に応援を呼ばなかったのだろう。巡査が撃ち殺されちゃあ、人を助けられないじゃないか。

数分前からやり直したい。

そのとき、

「すみませんでした」

里次がピストルを放り出して地面に両膝を突いたのである。

武蔵は虚を衝かれて口を開けるしかなかった。

近寄って、ピストルをつかみ上げるまで、「こいつ、芝居をしているのじゃなかろうな」とおっかなびっくりだった。

「穴伊里次、逮捕する」

縄をかけてから、ようやく夢ではないと噛み締めた。里次は、うずくまって号泣《ごうきゅう》を始めた。

あとでわかったことだが、あのとき里次は、本気で武蔵を撃ち殺すつもりで引き金を引きかけたのだった。

が、武蔵が凄い形相で睨みつけているので、この巡査は一発では死なないのではないかと疑って撃てなかったというのだ。

武蔵としては、死を覚悟して兄の姿を浮かべたり、未練にしがみついたり、情けない有様だったのに、心中は外面からは測れないものらしい。

里次としては、相手は刀を持っているので、降参しなければ斬り殺されると思ったようだ。

幸代の家に来た理由も、心中したいと思ったわけではなく、ただ顔を見たいだけだったというから、呆れた話だ。顔を見て、できれば声を交わしてのちに自首するつもりだった。

つまり、武蔵と遭遇しなくとも、どのみち捕まる予定だった。武蔵は姿を見せたばかりに仏になりかけたのである。

さらに魂消《たまげ》たのはそのあとの出来事だ。

家にいた者たちが新聞記者に武蔵の勇敢な行動を話して聞かせたのである。

「ひと睨みでピストルに勝った巡査」と書き立てられて一躍有名になった。

こうなると世間によい顔をしたい署の上層部も黙っていない。好感度を上げるには英雄が必要だ。大勢の記者の前で署長が武蔵に表彰状を渡した。

この事件がきっかけで武蔵は司法係に引き抜かれたわけだが、上官の矢吹正好《やぶきまさよし》警部補だけは、武蔵の本質を見抜いていた。

「あの逮捕はまぐれなんです」

と矢吹にだけは本当のことを言うと、

「それでいいんだ。まぐれでも強盗を捕まえられない巡査が多い」

笑いながら武蔵の肩を叩いた。

「俺が見込んだのは、黛幸代の家に犯人が行くと予期した想像力だ。日頃から注意深く仕事をしていないと思いつけない。お前はよい刑事になる」

と励ましてくれた――。

八

「虎里、久しぶりだなあ」

六月三十日の朝八時。板橋署の二階建て署舎の玄関で来訪を告げると、矢吹が出迎えてくれた。

武蔵がいたころは司法係の長である主任だったが、今は副署長に出世して白い制服が日焼けした顔によく似合う。

「久しぶりといっても三ヵ月会わなかっただけですよ。矢吹さんもお元気そうで何よりです」

矢吹も懐かしく思ってくれているようなのでほっとした。偉くなっても部屋に籠もらずに管内を見回っているのだろうなと顔を見て想像する。

矢吹は今年四十八歳で、五児の父である。前の正月には武蔵を自宅に招いて雑煮《ぞうに》をご馳走《ちそう》してくれた。

「ちょっとの間に建物が増えましたね。賑わいが増している」

「そうか？　俺には見飽きた光景だが？」

日本橋《にほんばし》から北へと伸びる中山道《なかせんどう》の途中で、西に川越《かわごえ》街道が分岐する二股《ふたまた》地点に板橋署は建っている。

郡役所も置かれている北豊島郡の中心街だが、街といっても大八車《だいはちぐるま》の往来で土煙が舞い上がる田舎道に銀行や商社が軒をかまえる程度だ。武蔵にとっては、これくらいがちょうどよい。

「署員だったころは、あそこの幸福屋でイカ足やカルメラ焼きを買ってかじるのが憩いの時間だったんです。さっきも、堪らずに買ってしまいました」

向かいの駄菓子屋を目で示して、着物の袖を振ってみせる。

「朝っぱらから香ばしい匂いがすると思ったら、お前か。あいかわらずだなあ」

矢吹はにやっとしながら武蔵の袖に顔を寄せると、新聞紙でくるんだ焼きイカの匂いをくんくんと嗅ぐ。

「立っていないで入ろう。近況を聞かせてくれ」

笑顔で手招きされた。

「お前、本庁ではちゃんとやっているか。妙なところで人よりずれているし、心配してたんだ」

矢吹は副署長室の応接椅子で向かい合うなり、問いかけた。

西多摩郡での不祥事は重沼が隠し通したので矢吹の耳には届いていない。署長会議で朱雀が喋らない限り知らぬままだ。

「実は、ご心配のとおり、へまをやらかしまして――」

さっそく話を切り出すことにした。隠すつもりはないし、今日来た目的につながっているので喋らぬわけにはゆかない。

矢吹は顛末《てんまつ》を聞くあいだ、のけぞったり、舌打ちしたりしたが、単独捜査の覚悟を決めた段に話が及ぶと、口を半開きにした。

大和を一本抜いて火をつけ、もくもくと煙を吐きながら、武蔵を睨みすえる。

「わかっていると思うが、俺は組織を大事にする男だ。上官の頭越しに勝手な捜査をするやり方に賛成できない」

武蔵は身を強ばらせた。

「――が、真犯人が野放しになっている可能性は捨ておけない。その一点において、お前の越権行為は見逃してやる」

武蔵は弾かれたように両手を突いて応接机に頭をすりつけた。

「矢吹さん。ありがとうございます。ご恩は一生忘れません」

「その台詞《せりふ》は、お前を司法係に迎えたときにも聞いたぞ。幾度も言われると感激が薄れる」

矢吹は少しだけ、顔をほころばせた。

「で、何だ？　俺にどうしてほしいんだ」

武蔵は手を突いたまま、身を乗り出した。

「この署の記録を読みたいんです」

予想をしていたらしく、矢吹はうなずき返す。

「似た事件を探すのだな？　その何とかという教授の御説を信じて」

「見つかれば突破口になります」

「見せるのはいいが、事件別に仕分けされていないぞ。板橋署が発足した明治十四年からの全記録が埃《ほこり》を被っている。すべてを手にとらなければ目当ての事件は見つけ出せないぞ」

武蔵は愕然とした。司法係にいたころに、資料室に出入りしたが、棚が据えつけられているのは部屋半分だけで、奥には埃を被った箱が天井近くまで積まれてあった。あの中身がすべて仕分けされていない記録だったのか。

「かまいません。読ませてください」

決意を新たにして申し出た。

「事務職員を四人つけてやろう。五人がかりなら半日で終えられるはずだ。俺の特命にしといてやるので目的は喋るな。これ以上は顔も見られぬように、なるべく部屋からも出るな」

本庁にばれないように配慮までしてくれた。

「ありがとうございます。何と御礼を言っていいか」

幾度も額をすりつけた。

「署長にだけは話を上げておくぞ。上下関係は大切だからな。お前の阿呆な係長が相手でもそうすべきなんだ。もっと歳を取ればわかる」

冷や汗が吹き出る思いだ。

「おまかせします」

矢吹はやっと笑顔に戻った。

「じゃあ、すぐにかかれ。職員を見繕ってやる」

矢吹は大和を揉み消して立ち上がった。

九

四時間後である。職員たちの助けを借りて三十三年分の事件を絞り込んだ武蔵は、一つの記録綴《と》じに釘付《くぎづ》けになっていた。

供述調書や身上調書やらをひとまとめにして糸で綴じ込んだ一冊だ。三年前の明治四十三年に、高津《たかつ》ミヨ子《こ》という女児が扼殺されていた。殺害時の年齢はハナと同じ六歳である。

絵師による写生画が綴じ込まれていた。遺体の首に指痕が見てとれる。形と大きさはハナを殺《あや》めた犯人のものに似ている。

親指の痣は二対で、ハナのときより少ないが、同じ箇所に指を当て続けても、力を加減すれば、死に至る時間を遅らせることは可能だ。目的は快楽を長引かせたいわけだから、回数が少なくとも犠牲者が長く苦しめば適《かな》う。

父親は和楽器作りの職人で、北豊島郡板橋町《いたばしまち》の北部に住んでいた。

ミヨ子は、三月の晴れた日の昼間、近所で遊んでいた最中に攫われて、一里離れた廃寺で全裸遺体となって発見された。

性行為の痕跡は認められなかった点も、ハナと同じだ。

違うのは、犯人が逮捕され、解決していることである。

近くに住む十九歳の機械工員、橋詰三郎《はしづめさぶろう》が、嫌疑者として逮捕され、取り調べで自供していた。

陵辱目的で誘拐したが、怖くなって、事に及ぶ前に殺したと供述している。

三郎に余罪があったかについては、「無し」と記述がある。女児を好む性的嗜好かに関しては何も触れられていない。

この事件を含め、板橋署では過去に十八件の女児扼殺事件が発生していた。

そのうち十四件は一家心中か強盗殺人であり、残り三件も略取誘拐ではあるものの性行為の痕跡があるのでハナとは違う。

(ミヨ子の事件以外は除外していい。解決、未解決は関係ない)

武蔵は記録綴じをつかんで副署長室に向かった。

「入ります」

部屋に踏み入ると、矢吹は応接机に弁当を広げて箸をつけていた。ちょうど床置きのボンボン時計が十二時を打ったところだ。

　ぐう、と武蔵の腹も鳴った。袖の中に冷え切った焼きイカがあるが、記録を読むのに夢中ですっかり忘れていた。

「この事件、覚えていますか。俺が司法係に加わる前のものです」

　顔をしかめる矢吹にかまわず、眼前に詰め寄って記録綴じを突き出した。普段は謙虚な武蔵だが、一度火がつくとなりふりかまわない。

「おいおい、何だよ。ゆっくり食わせてくれ」

　矢吹は、こういうときの武蔵を諫《いさ》めても無駄だと知っているためか、息を吐いて箸を置いた。

「貸してみろ」

　ぱらぱらと捲《めく》って、「ああ、こんな事件があったな」とうなずく。

「お前が話した西多摩郡の事件にたしかに似ているな……。思い出した。逢い引きの連中が寺に忍び込んだおかげで遺体を見つけられたんだった。そうでなけりゃ、橋詰三郎が動かして隠滅していたかもしれん。犯人にたどり着けたのはせめてもの供養だな」

　武蔵は、はっとして矢吹の顔を見つめた。

真相を隠している緞帳《どんちょう》の一つがはずれて舞台の一部が垣間見《かいまみ》えた気がした。

（そういうことか）

ハナ殺しの犯人が犯行を重ねても気づかれずにいる理由は、回数でも、発生間隔でもない。遺体を跡形もなく消し去っているためではないのか。

遺体がなければ殺人ではなく失踪事件として処理される。所轄署は一般庶民の失踪事件をいちいち本庁に上げないし、人攫いや人買いは掃《は》いて捨てるほどいて、たいていは捕まらないので捜査もそこそこで打ち切る。

おびただしい数の女児失踪事件の中に、ハナ殺しの犯人の連続犯行がきっと埋もれて隠されている。

（ならば、ハナとこのミヨ子はなぜ例外なのだ？）

答えは、ミヨ子の事件記録の中にある。

遺体が発見されても別の誰かが捕まれば真犯人が追われることはない。失踪事件として扱われた場合と同じように安泰だ。

つまり真犯人は、遺体の発見が避けられない状況では、他人に罪をなすりつけるのだ。咲次郎や橋詰三郎がその生贄《いけにえ》である。持ち物を盗んでおいて遺体の近くに残し、捜査を誘導した――。

矢吹はふたたび箸を持ち上げて弁当を抓《つま》み始めていたが、武蔵はもう一度詰め寄った。

「橋詰三郎は本当に殺《や》ったんですか。自白したとありますけど、強要していませんか」

矢吹は、ばしんと箸を机上に打ちつけた。

「俺が主任を張っていた事件で冤罪が起こったと、お前は言いたいのか」

睨みすえられたが、武蔵も退かない。

「そう言っています。梅本咲次郎が罪を着せられた可能性は説明したでしょう。橋詰三郎もそうであれば、ハナの事件に瓜二つです」

矢吹は鼻息荒く武蔵の顔を睨んでいたが、舌打ちして立ち上がった。引き戸まで向かうと、ガラガラと開けて顔を突き出した。

「誰か、桐生《きりゅう》をここに呼べ！」

武蔵は、ふたたび、どきっとした。

桐生とは、矢吹の後釜で司法主任になった桐生宇丙《うへい》警部補である。

橋詰三郎の供述調書には、担当刑事として桐生の印鑑が押されていた。

矢吹は、不正がなかったかを直に桐生に問い質すつもりなのだ。

（顔を合わせたくないな）

嫌な思い出が首をもたげた。司法係に来たころの武蔵は、矢吹の目が光っていないところで桐生にいびられたのである。桐生は指導と称していたが、罵声を浴びせたり、不合理な作業を夜通し命じたり——要するにいじめだ。

「お前は事務机の下に隠れろ」

武蔵は急いで、壁を背にして置かれた大きな事務机の陰に潜んだ。

「桐生です。入ってよいですか」

戸を叩く音と共に太い声がした。

「入れ。訊きたいことがある」

のしのしと大柄な桐生が踏み入る足音が武蔵の耳に聞こえる。

「何でしょうか。早く現場に戻らなければならないんですが」

「時間はとらせない。座れ」

椅子が体重で軋《きし》む音がする。

「呼んだのはこの事件のことだ。覚えているか。高津ミヨ子の事件だ」

「はあ」

武蔵が渡した記録綴じを見せたようだ。

「橋詰三郎の自白を引き出したのはお前だったな。どうやってやったか、もう一度思い出してくれ」

桐生が答えるまで二呼吸ほどの間があった。表情がわからないが、戸惑っているか、考えているかだ。

「なぜ今になってそんな質問を？」

口調に疑問が滲み出ている。

「いいから答えてくれ。俺は保安主任を兼ねていたので捜査の指揮はお前に任せていたろう？　お前に訊くしかないんだ」

また数秒の間だ。

「思い出しました。奴の死んだ母親の話をしまして……倅が罪を償わないでは三途《さんず》の川の向こうで泣いているぞと。よくある手です。それで奴は喋り始めた。そんなところです」

「調書の担当欄にお前の印鑑しか押されていないが」

「自分が一人で対応しましたもので」

「なぜだ」

「大人数で囲むと怯えましたので。じっさい自分が一人になったので奴は自白したわけです」

「そうだったな」

「覚えていることをなぜ訊くのです？　あなただって調書を受理するときに納得していた」

矢吹はそれには答えずに、

「証拠は十分だったか？」

「そこに書いてありますし、当時も説明しました」

「もう一度、お前の口から聞きたい」

「……奴の鳥打帽が遺体のそばで発見され、犠牲者と同じ長さの毛髪が表側に付着していました。帽子と毛髪の絵はそこに挟まれています」

「帽子が橋詰のものだという証拠は？」

「内側に名前が縫い取りされていました。当人も自分の帽子だと認めました」

「橋詰が犠牲者に接触した証拠は髪の毛だけか」

「奴が愛用する朝日の吸い殻も落ちていました。吸い口を噛む癖が奴にはあって、前歯が欠けているので吸い口の特徴で奴だと判別できました」

桐生の口調に、はっきりとした苛立ちが現れていた。横暴な男だが矢吹には従順だった武蔵は記憶している。ここまで苛つくのはよほどのことだ。

「自白と本人の持ち物――ほかに何が必要なんです？　ご存じと思いますが、三年前は指紋を採っていませんし」

はっと武蔵も思い出した。本庁が司法省を真似して指紋分析を採用したのは二年前だ。それまでは足跡、毛髪、歯形、目撃証言など、昔ながらの方法で犯人を特定するしかなかった。

「過去の事件を念入りに確認しているだけだ。近々、本庁から調査が入るかもしれないのでな」

「冤罪の心配ですか。監察官とやらも暇なことだ」

桐生の舌打ちの音がする。今月から本庁に監察官が置かれて、これまでの方面監察制度よりも強化された。

「この事件は本庁に報告してないし、調べられそうだと思ってな」

「これに限った話じゃないでしょう。うちで解決できるものはうちだけでやる。署長がその方針だったじゃないですか」

「そうだったな。もう行っていい」

「失礼します。忙しいのに、とんだ道草だ」

最後は憮然《ぶぜん》とした声になっていた。

桐生の足音が廊下の向こうに去ったので、武蔵はごそごそと事務机の下から這い出た。

「こういう次第だ。どう感じた？」

矢吹は眉間をよじらせている。

「何とも言えませんね……誤魔化しがあってもこの場では吐かないでしょうし」

矢吹のほうは首をひねり、

「あいつめ、何かを隠している。ほじくり返されるのを怖《おそ》れている様子だった」

「俺にはそこまでわかりませんでしたが」

「声だけだからな。俺には奴の目や手の動き、言い淀《よど》み具合で、いつもと違うとわかった。普段ならもっとふてぶてしく受け答えをする。今日は殊勝だった」

さっきの態度で殊勝なのかと武蔵は呆れた。以前より傲慢《ごうまん》になっているらしい。主任に出世したためか。

矢吹は腕組みしていたが、迷いを吹っ切るように勢いよく顔を上げた。

「お前、行ってみるか、市谷に？」

武蔵は、矢吹の顔を見入った。

牛込区《うしごめ》の市谷《いちがや》には囚人が服役する東京監獄がある。三郎に会って話を聞いて来いと勧めているのだ。

「望むところです。会って心証を確かめます」

「橋詰に面会できるように監獄長に紹介状を書いてやろう」

「助かります」

武蔵が頭を下げると、矢吹は弁当を後回しにして筆を執ってくれた。

十

東京監獄は、明治期に鍛冶橋《かじばし》にあった警視庁監獄署を前身としている。十年前に司法省に管轄が変わり、東京監獄と改称されて牛込区に移転した。

基本方針は未決囚を拘束しておく拘置監獄であるが、刑の確定した既決囚たちも多く収監されている。東京府には南葛飾郡《みなみかつしか》に小菅《こすげ》監獄もあるが、そちらは長期受刑者や凶悪な囚人が多いのが特徴だ。

初めて訪れた武蔵は、そびえ立つ高い塀に圧倒された。

そのすぐ内側には塀より高い松林が鬱然《うつぜん》と広がり、庁舎の二階部分が雲から突出した城のように梢《こずえ》の上に浮かんでいる。

詰所にいた門番に、矢吹の紹介状を手渡した。三十分ほど待つと通用扉が開き、庁舎に連れて行かれた。

「ここで待て。煙草を吸うなら勝手にな」

一階の奥の部屋に通された。靴跡で汚れた板敷の四畳ほどの部屋である。机はなく、木の丸椅子が四脚置かれたほかは、バケツしかない。

バケツをのぞくと、茶色の水が半分ほど溜まっていて、吸い殻が大量に浮かんで異臭を放っていた。

灰皿代わりのようだが、いったい、いつから水を取り替えていないのか。

窓があったので歩み寄って外を窺った。向かい側に、この庁舎とは雰囲気のまるで違うものものしい建物がある。

(囚人棟か?)

すべての窓に鉄格子がはめられているのでそうだろう。

足音が聞こえたので窓から離れ、椅子を引き寄せて座る。

戸が開くと、赭《あかつち》色の囚人着の男が背を押されて現れた。背後から腰縄の端をにぎった白制服の看守も姿を見せる。

（三郎だな）

武蔵は凝視した。額と頬に、まだ癒えていない青痣や切り傷がある。

「この男が橋詰三郎です。——座れ」

看守が命じると、三郎は上目遣いに武蔵を見ながら腰を下ろした。

「警視庁の虎里武蔵巡査です」

看守は武蔵に軽く頭を下げて三郎の背後に立った。

「接見時間は十分です。規則でここにいますが、おかまいなく」

懐中時計をつかみ出して時間を確認している。

（十分だけか。急がないとな）

まずは、三郎の目を見すえながら、供述内容を再確認したくて来たのだと目的を告げた。とたんに、

「俺はやってない。殺してない！」

いきなり三郎は腰を浮かして前のめりになった。

看守が腰縄をぐいっと引いて、三郎の身体を椅子の上に戻す。

「橋詰！　騒ぐと面会を打ち切るぞ」

背後から横顔をのぞき込んで睨みをきかせている。

「勘弁してくれぇ……ぶち込まれて初めての面会なんだぜ。もうちっと話をさせてくれや」

欠けた前歯を剝き出して看守に笑いを振り撒《ま》いた。

(三年のあいだ、誰も会いに来なかったのか)

武蔵は三郎の痩せこけた顔を見つめた。

身内に服役者がいると世間の風当たりが強いので、縁を切る親兄弟が多い。三郎の家族もその口か?

武蔵はあらためて三郎をこちらに振り向かせる。

「殺っていないと言うが、攫ってもいないのか。攫って陵辱する前に怖《おそ》ろしくなって殺したと供述しているが?」

自白の内容を正確に思い返しながら問い質した。

「そんなの嘘っぱちだ!」

三郎は、また立ち上がろうとし、縄を引かれてどすんと尻餅をついた。

「悪さはしてない。信じてくれ」

両目に懇願する光がある。

(演技には見えないな。殺っていないように思える……)

見た目で判断する危険はじゅうじゅう承知だが、直感がときとして真実を雄弁に語ることがあるのも本当だ。が、即断はせずに、

「ならば、どうして嘘の自白をしたんだ」

三郎の目をのぞき込みながら質問を重ねる。

「刑事が、おっ父《とう》の罪をなかったことにしてくれると言ったんだ」

武蔵は、はっとした。

「その刑事は桐生という名か」

「たしか、その名だった。身体が大きくて頬のそげた奴だ」

間違いない。

「そいつが、罪を認めればおっ父の盗みは見逃すって言ったんだ。一年で出られると教えてくれたから従ったのに、判決は十二年だぜ。話が違うじゃないか。あんただってそう思うだろ。なあ」

武蔵は三郎の充血した目を見返しながら話の真偽を測った。

身上調書によれば、三郎の父親は鳶蔵《とびぞう》という名の日雇い人足で、服部謙吉《はっとりけんきち》という親分が仕切る人足派遣商会に登録していた。

明治からずっと日本社会の底辺はヤクザ者が支えている。親分たちは莫大な人数の

子分を労働力として提供することで社会を動かしている。

ヤクザの子分ということだけでは、窃盗云々《うんぬん》の真偽は測れないが、これだけは言える。殺人の刑期がたった一年とはふざけている。義務教育の小学校では量刑の相場までは教えないため、知らない者が多いのだ。

「親父さんは盗みをやっていたのか」

「いつもやってた。刑事は前からおっ父を知ってたんだ。一度家に来ておっ父と話し込んでいるのを見かけた」

絡繰《からく》りがわかってきた。三郎の言葉が本当なら、父親の鳶蔵は、桐生に捜査情報を提供していたスパイだ。

俗に刑事の三種の神器《じんぎ》というものがあって、「見込み捜査」と「自白強要」と「スパイ」である。

江戸時代の岡っ引きは博徒を手下に使って情報を探り出したが、明治や大正の刑事たちも同じやり方をしている。

犯罪者の罪を見逃してやる代わりに情報を売らせるわけだ。桐生の子飼いのスパイの一人が、三郎の父ということだろう。

「弁護士はどうした。一年の刑期は嘘だと教えてくれる人はいなかったのか」

「おっ父が代言人《だいげんにん》の雲坂《くもさか》って男を連れて来てくれたんだが、とんでもない奴だった。一年でいけるかもなってそいつも言ったんだ」

代言人は明治時代中期までの呼び名で、弁護士と名称が変わっている。弁護士資格が必要になっても昔ながらの阿漕《あこぎ》な法廷稼ぎをやっている連中は多い。

代言人時代は報酬次第で依頼人を助けもしたし裏切りもした。三郎一家が雇えるほどの低報酬で受けたとなると、裏で桐生に見返りをもらって三郎を言いくるめたと考えるのが妥当だ。

三郎は父親を救おうとしたのに、鳶蔵のほうは倅を売ったのか。収監後、一度も面会に来ない薄情さと符合する。

（弁護士や父親を問い詰めても裏約束の書き付けなどは残していないだろうな。連行しても桐生が助けてくれると信じているので吐かない――暴《あば》くのは難しい……）

武蔵は奥歯を噛み締めた。

「判決が出たときに、欺《だま》されたとわかっただろう？　なぜ今の話を公にしなかったんだ」

「したさ。でも皆が言うんだ。有罪になった奴はたいていそう言うって。お前の話も嘘だろうって相手にされなかった。しつこく言ったら、役人に殴《なぐ》られたんだぜ」

有罪判決のあとで前言をひるがえす受刑者は多いのである。三郎のように物証があっては、とうてい信じてもらえない。

「帽子はなぜ寺に落ちていたんだ？　現場にあったので証拠になったんだぞ」

「そいつか。あの帽子はな、捕まる前に盗まれたんだ」

（咲次郎の円匙と同じか！）

円匙も遺体発見の三日前に盗まれたとトモエは言っていた。

「盗んだ奴に心当たりはないのか」

「ない」

三郎は消沈した表情になる。

「汗をかくもんで、仕事のときは鉢巻きに換えてるんだ。仕事場には工員の家族やら、いろんな連中が出入りするんで、誰でも盗もうと思えば盗めたさ……」

帽子の線からもたどれそうにない。

「時間です」

看守が懐中時計を睨んで無慈悲に告げた。

（得られた情報はこれだけか。信じてやりたいが、本当に無実なのか？）

（司法制度の闇か）

もっと確証を得たいと思って、看守の顔を見上げたが、きっぱりと首を横に振っている。

「話はわかった。できる範囲で調べてみよう」

ぬか喜びはさせないように言葉に気をつけた。

「待ってくれ。もう行くのか。もっと話そう」

三郎はすがろうとしてまた縄を強く引かれる。

「本当にわかってくれたのか。なあ！　わかったなら何とかしてくれ。信じていいのか、おい！」

武蔵は腰を上げながら、心を鬼にして告げた。

「今はできる限り調べるとしか言えない。悪いが、やるべきことがあるのでもう行く。恩赦《おんしゃ》もあるかもしれないし、真面目に務めろ」

「刑事さんも、ああ言ってくれている。もう喧嘩をするなよ」

背を向けようとしていた武蔵は、看守の言葉が耳に刺さったので、ふたたび顔を向けた。

「その傷は喧嘩のためですか」

「そうです。写真を奪い合ったんですよ。監獄ではよくあることです」

「どんな写真ですか」

「いかがわしい写真です。下着や裸の女。素人写真ですが、服役している連中にとっちゃあ宝のようなもので。奪い合ってしょっちゅう騒ぎが起きます」

「写っているのは成人の女性なんですか」

「もちろんです」

武蔵は、三郎のうつむいた顔をぐっと見下ろした。

(俺が来る前の話なら演技ではない……。成人女性が好みなのだな。幼女も成人もどっちもという例はあまり聞かない)

調書には三郎の性的嗜好がまったく書かれていなかった。

(省いたのではなく、裏付けを取っていないのではないか?)

疑いが武蔵の胸いっぱいに渦巻いた。

足早に東京監獄をあとにし、その足で、橋詰三郎の実家に向かった。

記録に書かれていた板橋町の職人街である。幸い、鳶蔵は仕事に出ていたので、姉の小夜子《さよこ》という人物を戸外に呼び出した。

小夜子は、事件のせいで縁談が流れたとかで、今でも猛烈に三郎を怨んでいる口ぶりだった。が、三郎の性的嗜好に話が及ぶと、年端《としは》のゆかぬ女の子には見向きもしなかったとはっきり証言した。

近所の者にも確認した。三郎は粗暴で思慮のない性格らしく、皆が悪評を口にするいっぽうで、女性の好みについては大人にしか興味がない奴だと断言した。

三郎は犯人ではない。ようやく確信に変わった。

十一

板橋署に戻ると六時をまわっていた。

待ちかまえていた矢吹に報告すると、こめかみを鷲摑みにして応接椅子に深く沈んだ。

「クソっ」

矢吹は額から指をはずして武蔵の顔を仰ぐ。

「どうすればいい。本物の冤罪なら辞職する覚悟くらいあるが、今のままでは白黒がつけられないぞ。判決が下りている事件を、憶測だけではひっくり返せない」

新たに証拠を見つけなければ、再審請求はできない、ということだ。

「今すぐに桐生を呼び戻して問い詰めたとして、吐くと思うか？」

「無理ですね。三郎を黒と信じ込んでいるので認めないでしょう。三郎の性的嗜好など、あの人にとっては些末事《さまつじ》です。帽子の物証を覆《くつがえ》すほどの意味を持たないと考えているはずです」

武蔵がいたころにも桐生には頑迷な傾向があったのである。刑事には法を超えた正義が許されると信じ込んでいる節が見えていた。

三郎に自白するよう仕向けたのは、黒と信じ込んだがゆえだろう。冤罪を作ったなどとは、思ってもいないに違いない。

「橋詰の親父か弁護士のほうを揺さぶればどうだ？　襤褸を出すんじゃないのか」

「そっちも難しいと思います。三郎の話を聞く限り、鳶蔵と雲坂は知恵がまわります。再審の途中でひるがえされたらそれこそ最悪になります」

三郎の有罪が揺るがないばかりか、根拠なく再審請求を上げたとみなされて、後の請求まで通しにくくなる。そうでなくとも日本では、再審自体がきわめて認められにくいのだ。

「何かよい手はないか？　白黒をつける手をひねり出せ」

「一つだけ、あります」

「言え。何だ」

矢吹は前のめりになって武蔵を見上げる。

「この事件と西多摩郡の事件を連続犯行と仮定して真犯人を挙げることです。三郎のほかに犯人が現れれば再審しないわけにいかないでしょう」

おそらく、それしか再審に持ち込む方法はない。

「そっちの方法か。ううむ」

矢吹は唸り声を上げて椅子にいっそう沈み込んだ。またこめかみをもんでいる。

「本当に同一犯なのか？　そうだとして、捕まえられるのか？　お前のやり方は博奕《ばくち》に思えるが」

「いずれにしても俺はやります。元々がそのつもりですので」

矢吹は息を吐くと、応接椅子の肘掛けを叩いた。

「さっき、お前の件を署長の耳に入れたらな、適当なところで追い返せと言われたんだ」

武蔵はぎょっとして身体を強ばらせた。

「なぜです」

「大ごとにしたくないそうだ。相馬《そうま》署長は生え抜き組だからな。返り咲きたいんだろう」

た。


武蔵は拳をぎゅっとにぎり込んだ。

現板橋署長は、今年四月に内務省から下った相馬忠治郎《ちゅうじろう》警部だ。本庁に移った武蔵は数日しか接していないが、左遷《させん》人事で板橋署長になったとの噂を小耳に挟んでいた。

まだ三十八歳らしいので出世路線に戻りたい気持ちは理解できる。

（中嶋《なかじま》署長だったらよかったのにな）

ピストル強盗逮捕で武蔵を表彰してくれた署長が中嶋警部だ。不正を嫌う人だったので今回も応援してくれたはずなのに老齢のために引退した。

「お前の捜査も、冤罪の件も、証拠がなければ署長はなかったことにするぞ」

武蔵は一歩進み出て、矢吹の顔を見下ろした。

「今日は月曜日ですので署長会議が開かれる日ですよね」

「そうだが……署長も今頃は新橋だ――それがどうした」

「俺を会議の席に連れて行ってもらえませんか。経緯を説明した上で、署長たちの協力を仰ぎます」

矢吹は目を大きく引き剝いた。

「とんでもないことを言う奴だ。――そうか！　お前、最初からそれを狙っていたか」

　昨晩、布団の上で思いついた方法がこれなのである。

「板橋署の記録で見込みが出たら、お願いしようと思っていました。相馬署長が俺を追い返すつもりなら、なおさら署長会議に訴え出るしか勝機はありません」

　矢吹はのけぞって武蔵を見つめた。

「たしかに、そうだが――」

　言葉を呑み込んで黙り込む。

　署長らの反応を予想しているのだろう。

　武蔵の期待どおりに進むということは、あちこちの署で冤罪が浮かび上がるということだ。署長の責任問題につながるので、容易に賛同は得られまい。

　それ以前に、一巡査の、しかも本庁所属の武蔵の発言を署長たちが受け入れるのか？

　こっそり本庁に告げ口されれば、何の解決にも至らないまま、武蔵も矢吹も責任を取らされる。

「俺が各署を回ればいずれぶち当たる壁です。避けられない壁なら、早くぶち当たったほうがよいです」

「よし。わかった」

矢吹は応接椅子から腰を上げた。

「俺も今、覚悟を決めた。俺の警察官人生で後悔があってはならない。真実を突き止められるほうに懸けよう」

引き戸に歩み寄って顔を突き出す。

「近くの商店でフォードを調達しろ！　急げ！　運転手もな！」

内勤の連中が駆け出す足音を背に聞きながら、矢吹は白制帽を手にとり、腰にサーベルを吊した。

「俺にもようやく、お前が勝手な捜査をする気持ちがわかったよ。阿呆な上官でも従わにゃならんと言ったが、撤回する。従わないほうがよいこともある」

にやりとほほえむので、笑う場面ではないと思いつつ、武蔵も頬を緩めた。

十二

芝《しば》区にある新橋地区は、日本有数の花街《はなまち》として知られている。政府の高官が足繁く通い、名士の社交場として有名だ。

新橋は町名ではなく、汐留川《しおどめ》に架けられた橋の名である。新橋停車場のある南岸地区を橋と同じ「新橋」の名で呼び慣わしているが、花街を意味するときは江戸時代に「新橋」と通称された北岸の銀座界隈を指す。

署長会議が開かれている料理屋は出雲町《いずもちょう》にあった。矢吹と一緒にフォードを降車した武蔵の鼻先を、魂消《たまげ》る騒音を上げながら路面電車が行き過ぎる。

「気をつけろよ。田舎気分を切り替えないと轢き殺されるぞ」

周囲は銀座通りと呼ばれる繁華街である。同じ繁華街でも板橋署周辺のそれとは規模も中身も違う。

道の両側に煉瓦《れんが》造りの建物がずらりと並び、五階建ての高層建築まである。

「あれは何です」

武蔵が、のけぞりながら五階建てを指差すと、

「デパートメントストアーと言うらしいな。まあ万屋《よろずや》だな。何だ、お前、新橋は初めてか」

生まれてこのかた、市内観光をしていないことを武蔵は思い出した。

七年前に村を出てからは日雇い仕事と夜を惜しんでの試験勉強の日々に始まり、巡査採用試験に受かってのちは住処《すみか》と職場を往復するだけの毎日だった。

本庁勤務になったときに今の下宿に移り住んだが、遠出は事件が起きたときだけだから、捜査に必要な場所しか訪れていない。

非番でもたちまち呼び出されるので、仕事のない日はぐったりして出歩く気になれない。

(次にまとまった休みをもらったら、あちこちを見物しようかな)

今更だが人並みな願望に目覚める武蔵である。

「着いたぞ。会議の場所だ」

矢吹の声で我に返った。車夫の掛け声や電車の騒音が聞こえない裏路地に来ている。

目の前に数寄屋造りの屋根のついた門があり、《蘭之屋《らんのや》》と彫られた看板が武蔵を見下ろしていた。

「安政《あんせい》年間から営業している由緒ある店だぞ。無作法をするなよ。会議の席にたどり着く前に女将につまみ出されるぞ」

矢吹に続いて門をくぐった。

十三

三十分後、武蔵は矢吹と並んで会議場である離れの大広間に、床《とこ》の間を背にして正座していた。

上座にいる理由は、同席を許してくれた議長の五十嵐《いがらし》泰介《たいすけ》警視が、「横に座れ」と命じたゆえだ。

入口で女将に警察手帳を見せて取次ぎを頼んだところ、五十嵐が自ら出迎えてくれたのである。

前板橋署長の中嶋とは、西南戦争で戦友同士だったらしい。虎里武蔵という見所のある若者がいるので、困っていたら便宜を図ってやれ、と中嶋署長から頼まれていたと言うのだ。

五十嵐は、府内最大規模を誇る麴町署の署長である。一介の巡査として入署し、六十二歳の現在まで勤め上げた。

高等文官試験制度がない時代に入署したので、いわゆる叩き上げに等しい。明治二十七年に制度が発足してからは、試験合格を経て内務省勤務から始める生え抜き組が出世速度で叩き上げ組を凌ぐ。

生え抜き組は、本庁や地方警察本部に出向することは多くあっても、所轄署に下ることはまずないのである。

出世コースから外れているためだ。下る場合は原則として左遷人事である。

いったん下れば、左遷署長と陰口を叩かれて、署長の間では蔑視される。

つまり、生え抜き組よりも叩き上げ組のほうが発言力が強いという、本庁ではまず考えられない構図が署長会議では成り立っている。

その天辺《てっぺん》に座するのが、五十嵐警視なのだ。

「緊張せんでよいぞ。お前は気迫だけでピストル強盗を降参させた豪傑だろうが」

五十嵐は、武蔵に向かって笑い声を放った。白髭を口周りに生やして目の吊り上がった人物である。長身の背筋を針金のように伸ばして胡座をかいている。

(ピストル強盗のくだりは、あとで説明しなけりゃな。欺しているみたいで申し訳ない)

武蔵が恐縮していると、五十嵐は顎をしゃくった。

「さっき、わしに話した事情を、奴らにも聞かせてやれ」

「承知しました」

武蔵が立ち上がると四十七人の視線が三方から突き刺さった。五十嵐を仰ぐ配置でコの字型に座している。

一礼したのち、口火を切った。西多摩郡での事件から話し始め、橋詰三郎への面会と姉らへの聞き込みまでを喋り終えたところで、五十嵐が気迫のこもった大声を放った。

「――各署ごとに、該当しそうな女児扼殺事件の記録を洗い出し、わしの元に届けよ。期限は明日じゅうだ。解決、未解決は問わぬ。心中、強盗など動機が違うものや、強姦の痕跡のあるものは除外しろ。絞り込んでのち、信頼のおける者に記録を持参させるのだ。該当記録がなかった場合の報告も忘れずにな」

大広間は静まり返った。

「閣下。意見を述べたいが、よろしいか」

右列の後ろから声が上がった。

出入り口の障子を背にした、左遷署長が座る下座だ。

（相馬署長だ）

武蔵は息を呑んだ。

そこにいることは知っていたが、邪魔をされては困るので、矢吹と申し合わせて挨拶もしなかったのだ。

相馬は形相を強ばらせている。

「何であろうか」

「うちの副署長と今は署員ではない本庁巡査を支持される理由をお聞かせいただきたい」

「この二名は、各署で冤罪が発生している可能性と、それを隠れ蓑に殺人鬼が逃げ果《おお》せている現状を訴えに来たのだ。重大事案につき、支持は当然である」

「それを訊いているのではない。板橋署長たる私を飛ばして、なぜ二人の申し出を優先されるのか、その理由をうかがいたいのだ」

「だったら、最初からそのように問えばよい。持って回った言い方は、わしは好かん」

武蔵は、はらはらしながら応酬を聞いた。どうやら二人は以前から犬猿の仲であったようだ。

「貴官の問いに答えると、警察官としての貴官の資質を問うことになるが、それでよいのか」

武蔵は、どきりとした。

さっき喋った説明では、相馬が武蔵を追い返せと命じた件は伏せておいたのだ。丸く収めてもらえればと配慮したのに、結局こうなる。

「かまいませんとも。私には私の考えがある」

「よかろう。その言葉、撤回するなよ」

五十嵐の語気が変わったので、武蔵は唾を呑み下す。

一呼吸を置き、五十嵐は、かっと目を見開いた。

「二人が来なければならなかった理由を鑑《かんが》みれば、貴様が融通をきかせなかったことは一目瞭然だ！　真実を突き詰めずに有耶無耶《うやむや》にしようとは言語道断ではないのか。これを聞いても、まだ一足飛びだと非難するのか！」

相馬はのけぞって五十嵐を見つめたが、ほどなく平静の顔に戻り、五十嵐に向かって一礼した。

「お叱り、肝に銘じましょう。されど、私は警察の威信と、組織としての在り方を模索しているのです。警察など信用するに足りぬ、誤りをしでかすろくでもない輩《やから》ゆえ命令を聞かずともよい、そうした風潮が世に溢《あふ》れれば、犯罪は増え、取り締まりが困難になる。あまつさえ、この東京府、この国が、無法地帯になる危険すらある。回避するには警察が絶対正義でなければならない。冤罪が起こってはならないのはそのとおりだが、自らの過ちを進んでさらすことは正しくない」

(詭弁《きべん》だ)

武蔵は両手の拳を膝の上でにぎり締めた。

「多かれ少なかれ、冤罪は起こるものだ。はっきり冤罪だと証拠が出たら是正しなければならないと私も思う。が、疑わしいとの段階で掘り返していては切りがない。虎里が指摘するがごときの可能性で軽々と動いては組織も警察業務も成り立たない。皆もそう思うであろうが？」

相馬は自信ありげな顔で、左右に目を向けた。

署長たちの中にうなずく者が現れたので武蔵は愕然とした。

(生え抜き署長の頭の中に、保身がないわけがないだろう。皆、どうして本心を見抜かない？)

五十嵐が鋭く舌打ちした。

「板橋署長、貴様の言は絶対主義国家の思想だぞ。国民を奴隷にする恐怖警察を作るつもりか」

相馬は、五十嵐に向かって顎を反らした。

「閣下の言こそ、独裁者だ」

「何」

「鶴の一声で調査を明日までに終えろと命じておられる。反論も質問もはなから眼中にない。これこそ独裁でしょうが」

五十嵐の顔が朱に染まった。

「貴様、組織云々《うんぬん》と今言っていたくせに、警視のわしにそこまでの非礼を吐くか。上下の意識がなってない」

「だったらどうなんです。閣下に他署の人事権はないでしょうが。署長人事をにぎっているのは本庁と内務省です。私をどうにかできるものではない」

五十嵐が目を引き剥いた。

相馬はこのさい、とことんやり合う気のようだった。

日頃の扱いで鬱憤がここまで溜まっていたのか。それとも、内務省から、近々戻すと言質《げんち》でも取りつけていて、何が何でも冤罪の責任を取りたくないのか？

署長たちがざわつきながら五十嵐の顔色をうかがっている。

（空気が変わった）

相馬の弁が立つことだけは認めなければならない。このままでは本庁に漏らす署長が現れかねない。

五十嵐もそう読み取ったのか、

「わかった。皆の意見を聞こう」

忌々《いまいま》しげに吐き捨てたので、

（……さっきの命令は白紙か）

武蔵は茫然とした。

「えらいことになったな」

矢吹も焦った顔を武蔵に向けてつぶやいている。

「俺は閣下に賛成だ」

朱雀署長がすぐさま口を開いた。意見を言いたくてうずうずしていたのかもしれない。

「忌々しい本庁に目に物を見せてやる絶好機ではないか。話に出て来た我が郡での事件は当然うちでも調べたのだが、連行途中で本庁が嫌疑者を死なせたのだ。本庁に任せてはろくなことがない。我々が主導して真実を暴くのだ」

朱雀を皮切りに、署長たちは堰《せき》を切ったように意見を喋り始める。

「本官も、むろん閣下のご指示に賛成です」

麴町日比谷《ひびや》署長は平身低頭で胡麻《ごま》をすっている。

「賛成だが、我が署は遠いので期限は明後日《あさって》にしてもらえるとありがたい。今夜は市内に宿を取っているし」

千住《せんじゅ》署長は五十嵐より高齢のためか、疲れた顔だ。

「相馬殿の意見に従って、もっと証拠が出てのちに一斉調査にしてはどうか」

神田《かんだ》西神田署長は左遷署長なので相馬派か。

「生ぬるい。冤罪でムショに入ってる奴は病と労働で明日にも死ぬかもしれぬのだぞ」

小石川大塚《こいしかわおおつか》署長は片手を振り回している。

「正直なところ、不祥事になって責任を取らされるのはかなわん」

弱気な署長は武蔵の記憶にない顔だ。

「そのとおりだ」

「在任中にしでかしたわけじゃないのに責任を押しつけられては困る」

「辞職しないでよいなら冤罪探しに賛成」

辞職反対の意見が多い。

「署長たち、情けないぞ！　日本男児たるもの、責任は潔く取る。覚悟を決めい！」

五十嵐が一喝したが、弱気署長の多くは左遷組なので精神論がどこまで響くかは疑問だ。

「埒《らち》が明かないので多数決で決める。相馬もよいか」

五十嵐が問うと、相馬は渋面で応じた。

「仕方ありませんな」

五十嵐は立ち上がった。

「挙手でいこう。わしの指示に従って全署で一斉調査に賛成の者は手を挙げろ」

真っ先に自分で片手を高く伸ばす。

すぐに朱雀がそれに倣《なら》い、続いて多くの署長が次々に手を挙げた。

(いいぞ)

ほっとしていると、挙げる手はそこで終わりになったので武蔵は飛び上がりそうになった。

「虎里、数えろ」

矢吹の命令で我に返る。

「一、二、三、……」

指差しながら大声を出した。

「……二十四名です」

にぎった手の掌に爪を食い込ませた。ぴたりと四十八人の半数である。これでは可決できない。

「もう一度、数えます」

今度は手を挙げていない署長を数えた。

「二十四です。間違いありません。賛成と反対が同数です」

「情けない奴らめ」

五十嵐が歯ぎしりした。

「どうやら決定はできませんな。半数しか賛同者がいないのに、ごり押しされるなら、それこそ独裁者が確定ですぞ」

ほっとした顔で相馬が頬を緩ます。

武蔵は胸を上下させながら、手を挙げなかった署長たちを見回した。

一様に安堵した顔で談笑している。面倒な案件は終わったとばかりに息を吐いて、伸びをしている者すらいる。

眺めているうちにむなしくなって、視界が霞《かす》みそうになった。

（これじゃあだめだ。こんな署長たちじゃあ、本庁と同じだ！）

心が焼けただれた。

「皆さん。今一度、俺の話を聞いてください」

武蔵は署長たちに向かって膝立ちでにじり寄った。両手を突いてから、顔をぐっと上げた。

「俺たち刑事は現場で犯人を追うのが仕事です。事件が起これば昼も夜もありませんし休日もありません。ご存じでしょう。半生を刑事で過ごす者が、内勤の人たちよりも身体を壊しやすく、早死にすることを。それほどに過酷な仕事なんです。俺たちを支えているものが何か、皆さんにはわかりますか」

「何を言い出すんだ」

相馬が面をしかめる。

「犯罪への怒りです。悪事を働く者を決して許さない。その思いで俺たちは身を粉にできるんです」

辛《つら》い日々の記憶が胸にうずまいた。腹をすかせて夜通し犯人を追い回す日々。休みが来るたびに動けないほど疲れていて何もできない。

だがそれも、悪事を減らす喜びがあってこそ、耐えられるのだ！

「俺のお願いは、雑事を増やして業務を立ちゆかなくすることじゃありません。半日だけください。半日があれば、記録の洗い出しは終わります。俺の想像どおりなら、この犯人はあちこちで犯行を重ねています。今後もやるでしょう。そいつをあぶり出すための協力を断るなんて、信じられません。それこそが国を無法地帯に追いやる行為なのではないですか。凶悪事件の検挙率は六割にも満たないんですよ。俺たちが早死にするほど頑張っているのに、殺人犯が大勢逃げている。なぜ逃げ果せるか、その理由が今わかりました。さっき手を挙げなかった人たちが署長だからです。あなた方が検挙率低迷の元凶です」

広間が怖ろしいほどに静まり返った。

誰も身動き一つしないし、そのままの姿勢で硬直している。

そろって口を半開きにして武蔵を見つめていた。あまりに無礼過ぎて怒りがよぎるより前に驚き呆れて固まったかに見える。

肩に手を置かれたので、武蔵は、はっとして見上げた。

「それくらいでよい」

五十嵐が厳《いか》めしくほほえんで見下ろしている。

「さあ！」

と五十嵐は前方に視線を戻した。

「もう一度だけ、決をとろう。これで最後だ」

「待て。終わったはずだ」

目を剝く相馬を相手にせず、五十嵐は声を張り上げる。

「賛成の者、手を」

いっせいに手が挙がった。さっきと同数に思える。

「虎里、数だ。俺も数える」

矢吹が吠えた。武蔵はふたたび指を折る。

「二十三、二十四、二十五、二十六、……」

武蔵の声が掠《かす》れた。

「賛成が二十八名です」

「俺も同数を確認したぞ」

矢吹の声が弾む。

「ふむ。さっきより四人増えたな。ほう、左遷組の京橋築地《きょうばしつきじ》署長もこっちについたか」

五十嵐はほくほくとした顔だ。

「賛成多数ゆえ、わしの指示を実行してもらう。署が遠いと甘えている奴は、近くの電信設備のある署に行って今夜じゅうに命令を出すのだ。自署に電信機が設置されていないなら、辻待ち自動車に命令書を持たせて走らせるなり、算段を講じろ。――それと、もう一つだ」

端から端まで署長たちに睨みを利かせる。

「このこと、決して本庁の耳に入れぬようにな。所轄署と本庁の戦いでもあるのだぞ。特に左遷組――密告と引き換えに返り咲こうなどと夢見ぬことだ。わしに人事権はないが、各署の弱みはにぎっておる。記者に暴露するくらいできるぞ。わかったか、相馬！」

相馬はうめいて、拳を膝に打ちつけた。

五十嵐が武蔵に手を差し伸べる。

「よい演説だったぞ。久しぶりに胸がすく思いだ。さすがは眼力でピストルに勝った男だ」

それを言われると辛い。

五十嵐の手を固くにぎり締めながら苦笑いの武蔵である。

十四

翌日の夕暮れ時である——。

板橋署で待機していた武蔵の元に、五十嵐から電信が届いた。

『コクジセシ　ジケン　ソンザイセリ　トウチヤクヲ　マテ』

武蔵は息を呑んで電文をにぎり締めた。

ほどなくして、五十嵐の使いである麴町麴町署の警務主任が、辻待ち自動車のフォードを飛ばして来署した。

相馬署長は怖い形相で「任す」と吐き捨てたきり、廊下に出ても来ない。武蔵は矢吹と一緒に挨拶した。

「これを渡せばわかると五十嵐閣下に言われている」

風呂敷包みを手渡された。子細は知らされていない様子だ。情報漏洩を避ける措置だろう。

「ありがとうございます。たしかに拝領しました」

「では、この場で失礼する」

警務主任はきびすを返して、待たせていた自動車で来た道を去る。

武蔵たちは大急ぎで副署長室に戻ると、渡された包みの結び目をほどいた。

はらりと広がった布の上に、四冊の記録綴じが現れる。

「四件あったということか！」

「やったな。お前の読みどおりだったな」

数は少ないが、一冊一冊がずしりと重い犯行の証だ。

まず、

『久保雪子《くぼゆきこ》扼殺事件』――。

明治四十一年九月三日に京橋区築地で発生していた。当時の担当署は京橋警察署だが、今は京橋築地警察署と改称されている。

犠牲者は、師範学校教員の長女で、久保雪子、歳は六歳。

武蔵は年齢の数字を見つめた。梅本ハナも高津ミヨ子も六歳だった。もはや偶然はあり得ない。犯人は、六歳児を選んでいる。

頸部に扼痕が十五個以上残っていた。「以上」とあるのは、重なり合ってそれ以上は数えられないためだと死体検案書に記されている。

絵師による遺体の写生画が綴じ込まれていた。繊細に描かれた雪子の死に顔に武蔵は釘付けになった。

（ハナに似ている）

突き出た舌や鬱血が生前の面影を消しているが、目鼻の位置が似ているし、耳と顎の形が特徴的で、ハナを思い出させる。

（これが犯人の好む女児の顔なのだ）

年齢だけでなく、顔に強いこだわりがある。

板橋署の記録では顎より上の写生画がなかったのでわからなかったが、きっと高津ミヨ子の死に顔もハナや雪子に似ていたのではないか。

田島七乃介《たじましちのすけ》という男が逮捕されて自供していた。逮捕時は四十三歳で、職業は日雇い人足だ。犠牲者宅に近い長屋の住人である。

『俺ハ、ソノ日、朝カラ上手ク行カナクテ、遅刻ヲシタタメ穴掘リ仕事ヲ締メ出サレ、癇癪《かんしやく》ヲ起コシテイマシタ。長屋ニ戻ル途中デ、前カラ好キダッタ久保雪子チャンガ、一人デ遊ンデイルノヲ見カケ、良カラヌ企ミヲ思イツキマシタ。一緒ニ遊バナイカト持チカケ、京橋川ノ河川敷ニ誘イ出シマシタ。――』

供述調書は、刑事が代筆したあとで嫌疑者に読ませ、納得させた上で署名をさせる。

だが、七乃介は明治四十一年で四十三歳なので、元治《げんじ》元年か慶応《けいおう》元年生まれだ。義務教育が始まっていなかった幕末生まれの労働者が文字をすらすらと読めた可能性は低い。

取り調べの刑事が好きに書いておいて、「このとおりだな」と嘘を教えれば、うなずくしかなかったろう。調書に書き込まれた七乃介の署名は漢字の「七」が一文字だけなので、おそらく自分の氏名もきちんと書けなかったのではないか。

(冤罪の匂いがぷんぷんするな)

さらに読み進めると、

『雪子チャンハ、佐久間惣次郎商店《さくまそうじろうしょうてん》ノドロップ飴《あめ》ヲ入レタ海苔《のり》ノ缶ヲ持ッテイマシタ。飴ガ溶ケテ缶ニクッツイテ出ナイト泣クノデ、俺ガ取ッテヤリマシタ。佐久間惣次郎商店ノドロップ飴ハ新発売デ、親ガ買ッテクレタノダト言ッテイマシタ。――』

缶の絵が挟み込まれていた。弁当箱のような平べったい缶で、側面の一ヵ所に切手六枚分ほどの貼紙がなされている。

貼紙の中に、《満悦海苔《まんえつ》》の商品名と問屋名の印刷文字が写し取られていた。佐久間惣次郎商店が缶入りの飴を発売していなかったので、海苔の空き缶を代用したようだ。

ことさらに「佐久間惣次郎商店」だの、「海苔ノ缶」だの、「新発売」だのと、一見どうでもよい子細を書き連ねるのは、供述に信憑性を持たせるための刑事の技術である。

犠牲者が口にした話や遺留品の特徴は犯人しか知らない。供述として記しておけば検察官や判事が納得する。

蓋《ふた》を開けた様子も色つきで描かれていた。葡萄色の飴が七粒、形が崩れて缶の底に接着していたことがわかる。内側の縁には、どろっとした触感を思わせる飴垂れも描写されている。

九月三日なら残暑と湿気がひどかったろう。溶けた原因は蓋を開けたことによる湿度の影響だ。気温のほうは高くとも密閉していれば溶けない。

『草叢ニ連レ込ンデ着物ヲ剝ギ取リマシタ。雪子チャンガ叫ブノデ気ガ変ワリ、早ク殺スコトニシマシタ。雪子チャンガ苦シムノヲ見テ、哀レニ思イ、幾度モ緩メテ、絞メ直シマシタ。逃ゲルトキニ、ウッカリシテ、手拭イヲ落トシマシタ。郷里ノ母チャンガ縫ッテクレタ手拭イデス。釣リ人ガ現レタノデ、取リニ戻レナカッタノデス。──』

缶の絵の次に、手拭いの絵もあった。

郷里云々のくだりはおそらく真実で、本人の持ち物だろう。母親が縫い取りしたと思われる「七乃介」の糸文字も描かれている。

供述に記された釣り人が、遺体の第一発見者である。手拭いによって、京橋署は七乃介を割り出した。

武蔵は唸り声を上げた。

（真犯人の意図が透けて見える気がするな）

おそらく下見をしたときに、犯行に及べる場所が河川敷しかないと知ったのではないか？

釣り人が訪れる可能性もわかっていた。そもそも、京橋区は往来のある場所が多く、大きな荷物を担いで河川敷から現れれば、人の記憶に残る。

だから、遺体と一緒に殺害現場に放置するつもりで、あらかじめ七乃介の手拭いを盗んでおいたのだ──。

（七乃介は憶えがないと言い張ったはずだ──）

暴力を使って自白を迫ったのか？　桐生のように交換条件をちらつかせたのか？

刑事の風上にも置けないと思いながら供述調書の署名欄を見ると、

『司法主任　塚海兵太郎《つかうみへいたろう》警部』

と書かれて印鑑が押されている。

さらに——、供述調書の次に綴じ込まれた捜査経過書を読んで、武蔵はまたしても愕然とした。

『九月三日、午前七時、事件初報、署に至レリ。

同、七時二十分、署司法係、臨場セリ。

同、九時、警視庁ニ電信連絡為セリ。——』

(本庁に報せを上げているじゃないか。三日前に調べたときには記録はなかったのに？)

首をひねりながら字をたどった。

『同、十時四十分、本庁、滝川警部以下十名、臨場セリ。遺留品ヲ調ベテ去ル。——』

武蔵は呆れ返った。遺体のほうは調べたともどうしたとも書いていない。

時間経過を読み返して理由がわかった。京橋署が第一報を受け取った午前七時から、本庁に電信を上げた午前九時まで、二時間も間がある。

署員だけで、二時間のうちに検証を終えて、遺体を署内に運び去ったのだ——。

これ見よがしな本庁外しである。遺留品だけ見せてやったのは、せめてもの情けか？

重沼の前任者である滝川《たきがわ》警部は、コケにされたと怒り狂い、恥となる記録を残さなかったのだろう。

武蔵は息をつき、読み終えた京橋築地署の記録綴じを矢吹の読み終えたものと交換する。


『戸塚《とづか》すみれ扼殺事件』——。

明治四十五年二月三日、本所《ほんじょ》区で発生——担当署は向島《むこうじま》署で、現在の署名は本所向島警察署である。

犠牲者は、新小梅町《しんこうめちょう》で飯屋を営む夫婦の次女、戸塚すみれ、六歳だ。

（やはり六歳か）

親が目を離した隙に行方不明になり、二時間後に全裸の遺体で排水溝に遺棄されているのを近所の子供が見つけた。

頸部に残された複数の扼痕と、性行為の痕跡がない状況はほかの犠牲者と同じである。

死に顔の写生画の特徴はやはりハナに似ている。正面と横顔の二つがあったので、よりはっきりとわかった。

戸塚家に出入りしていた薬売りの加藤安吉郎《かとうやすきちろう》が逮捕されていた。

自供以外の証拠は、安吉郎の商売物の薬瓶である。遺体の側に落ちており、安吉郎の指紋がついていた。

指紋の照合写真が貼られているので武蔵は目を見張った。

明治四十五年は同時に大正元年だ。指紋捜査が始まっていて、鑑定人として本庁鑑識係長の小津の署名がある。

(この事件も、本庁には記録がなかったが?)

向島署の場合は本庁を臨場させもしなかったことが、捜査経過書からわかった。遺留品の瓶と安吉郎の手形だけを本庁刑事課に送りつけて鑑定を依頼した経緯が記されている。

小津は善意と使命感で協力を惜しまなかったのだろう。

書類のすべてに責任者として、司法主任、馬淵一郎《まぶちいちろう》警部補の署名がある。

三冊目は、

『浅沼絹《あさぬまきぬ》扼殺事件』——。

明治四十二年十二月に、久松《ひさまつ》署管内で発生した。

犠牲者は、日本橋区吉川町《よしかわちょう》にある海産物問屋の娘で六歳の浅沼絹。複数の扼痕や遺体の特徴はこれまでと同じで、写生画の顔の特徴もハナたちに似ている。

二軒隣に下宿していた新潟県出身の帝大生、山田《やまだ》数作《かずさく》が逮捕されて自白していた。物証は数作の鉢巻きと鉛筆であり、絹の足が鉢巻きで縛られたままだった。捜査責任者は司法主任、森永純夫《もりながすみお》警部である。

最後は、

『持村和代《もちむらかずよ》扼殺事件』——。

大正二年一月十七日発生だから今年の事件だ。本富士《もとふじ》署管内の本郷《ほんごう》区湯島《ゆしま》で起こっていた。

学者の娘で六歳の持村和代が犠牲者である。遺体の特徴と殺害方法は同じ。顎より上の写生画は残されていないので似ているのかどうかはわからない。

逮捕された者は、筈野《はずの》光蔵《みつぞう》。十七歳だが新興商店に勤める会社員だ。指紋の付着した一円札を現場に残しており、連行されると自白した。

久松署と同じやり方で指紋鑑定だけを本庁に依頼している。捜査責任者は司法主任の落合漸次《おちあいぜんじ》警部補だ。

四冊を読み終えた武蔵の胸に疑問がとぐろを巻いた。

犯人は犠牲者の年齢と顔にこだわっているが、いったいどんな手段で同じ年齢の、しかも顔が似通った女児を探し出したのか——。

市内であれば可能かもしれない。京橋、本所、日本橋、本郷なら、人口も往来も多い。

人混みに紛れて犠牲者に近寄れるし、家族に怪しまれずに容姿を眺められる。

下町なら気さくな連中が多いので、近所の住人に世間話を持ちかければ初対面でも狙いの女児の年齢を聞き出すくらいできる。

問題は人口の少ない郡域である。とりわけ球磨川村のような寒村では絶対に無理だ。

余所者は目立つだけでなく、噂になって全村民の耳に入る。下調べで近づくことが最初から困難な場所なのだ。

にもかかわらず、犯人は顔立ちも年齢も好みのハナを探し当てた。

それだけではない。雨のときはハナが家で子守をすることまで知っていたに違いない。罪をなすりつけた咲次郎にアリバイのない時間帯があることも、きっと事前に習慣を把握していた。

家族以外でこんな子細を知り得る人物がほかにいるだろうか？

（いる。探るまでもなく最初から知っている人種がいる）

交番所勤めの外勤巡査である。

担当区域の住民情報を頭に焼きつけている。

（もう一度、西に行こう）

球磨川村を担当区域にしていた交番所巡査に話を聞くのだ。

梅本一家の情報を引き出した奴がいたなら、そいつが犯人の協力者か、犯人自身だ。

十五

八日ぶりに見る西東京の空は、相変わらずの雨模様だった。まだ梅雨は明けていない。

四冊の記録綴じを読んだ翌日の七月二日水曜日、正午過ぎ——武蔵は八王子停車場のプラットホームに降り立った。

「虎里巡査。お久しぶりです!」

舎屋の出口で私服の青木が手を振っている。

「面倒なお願い事をしてすみません」

武蔵は頭を下げた。

「とんでもないですよ。真相解明につながるのなら、朝飯前です」

青木は歯を見せて笑う。

「お望みどおり、外勤たちの出勤記録を調べましたよ」

昨夜、板橋署から電報を送り、球磨川村を担当する外勤巡査たちの勤務記録の確認を依頼したのである。巡査当人が殺害犯である可能性をつぶしておきたかった。

「六件の殺害日と奴らの勤務した日は重なっています。手先として動いていた可能性まではつぶせませんが、人のよい奴らばかりですよ。裏表がないことは私が保証します」

「ありがとうございます」

武蔵は、もう一度ていねいに頭を下げた。

「その巡査たちは何人ですか」

「六人です。ご存じのように三人一組で勤務しますのでね。三人が非番のときは別の三人が仕事につきます」

「今日集めてもらったのは非番の三人ですね」

「ええ。大事な話があると言って、こっそり呼びました」

「本当に助かります。いつか御礼をさせてください」

「そんな、いいですよ——それでね」

青木はここで、武蔵の顔をのぞき込んだ。

「電信では技手に読まれるのでお伝えしなかったんですが、管内を避けたのには理由があるんです。この事件のからみで、今、立場が微妙になってましてね」

武蔵は、どきっとして、青木の顔を見つめ返した。

咲次郎を死亡させた件で、青木も上官に厳しく叱責を食らった話はすでに聞いていた。

それだけですまずに、また何かがあったのか。

「いっとき停職処分になってたんですがね、一昨日の晩から復帰できたんですよ。署長命令で夜通し、事件記録を調べたのは私です。よくぞ、あなたに協力したって、署長にだけは褒められましたよ」

一昨日は署長会議があった日だ。

「青梅署の記録は青木さんが調べてくれたんですか」

武蔵は、青木と目を合わせて笑い合う。

「そんなこんなで署長の憶えはいいんですが、今度は同僚に嫉妬されましてね――なるべく噂にならないように、八王子でお願いしたんです」

お互い、人間関係では苦労しているようだ。

口には出さないが、八王子なら立川で乗り換えずにすむので、武蔵への配慮もあるのかもしれない。

「いたいた、あそこです」

一緒に舎屋を出たところで、青木が手を振り上げた。

八王子停車場は、立川停車場と違って舎屋が豪勢だ。表には広場があり、小雨にもかかわらず人力車が十数台も停まっている。

うんこ座りで煙管《キセル》や煙草を吹かしている車夫たちの向こう側から、三人の若者たちが歩み寄って来た。

「本庁刑事課の虎里巡査をお連れした。挨拶をしろ」

三人が呆気に取られた表情で武蔵を見入ったのち、ばっと一斉に右手を挙げて敬礼した。

「青梅署、警務係の小泉哲彦《こいずみてつひこ》巡査です。ピストル強盗逮捕の虎里巡査にお目にかかれて光栄です」

武蔵より頭二つ高い、ひょろっとした若造だ。

「同じく鎌田《かまた》辰吉《たつきち》巡査です。あのう、眼力だけで捕まえたって本当ですか」

こちらは中背でニキビ面である。

「柳川潤四郎《やながわじゆんしろう》巡査です。尊敬してます」

筋肉質でずんぐりしている。全員が、同年代より若く見えがちな武蔵以上にあどけなさを残した若い連中だ。

「虎里武蔵です。もう手を下ろしてください」

敬礼は同階級でも率先して行えと「警察礼式」に定められているが、公務以外でもやれとまでは言われていない。

三人がずっと敬礼したままなので、仕方なく武蔵も手を上げて返した。

青木が笑いながら、

「ここじゃあ、なんだから、どこか雨宿りできる場所に変えましょう」

すると柳川が、

「自分が知っていたカフェーがあそこにあったんですが――さっき、ちらっと見て来たら、つぶれていました」

広場から幾つか出ている通りの一つを指差して、残念そうに教える。

カフェーは数年前から市内で流行り始めた女給を置いた喫茶店だ。郡域でも流行すると踏んだようだが、狙いがはずれたのか？

「お前、八王子に詳しいのか。ほかに落ち着ける場所を知らないか」

「自分はカフェーを体験して帰っただけですので、詳しくないです」

残りの小泉と鎌田も首を横に振っている。

「俺が提案してもよいですか」

武蔵は声をかけた。

「むろんですよ。そうしていただけるとありがたい」

この広場に出たときにすぐに見つけて、気になっていたのだ。

柳川が指差した通りの奥に、目立つ大きなのぼりがひるがえっている。青地に白で文字が染め抜かれており、《博多飯　磯村》と読める。

汽車で出会った磯村辻太郎の店に違いない。

「昼はもう食べましたか」

「まだですよ。あなたと、ご一緒するつもりでした」

「ならばちょうどよい」

武蔵は先頭に立って手招きした。

「知り合いの店があるんです。今日の御礼に俺がおごりますよ。皆さん、九州料理は初めてでしょう？　俺も食ったことがない」

青木も交じって四人は目を見張った。

新婚旅行か官僚の地方出向でもない限り、東京在住の人間が本州を出ることはまずないのである。九州料理を口にする機会はこれが最初で最後かもしれない。

十六

「さあ、これが自慢の水炊きたい。美味かよう！」

たすき掛けをした亭主の磯村が、手拭いを巻いた手で熱い大鍋を抱えて現れると、武蔵たちは歓声を上げた。

武蔵が来てくれたのだと知ると、店の奥の一番良い座敷に通してくれたのである。自ら腕を振るい、自慢料理の数々を運んで来る。

すでに野菜のぬかい味噌炊きを堪能した。

「水炊きは九州人が発明した鶏鍋たい。これが生まれる前は繊細な味つけの鍋料理はなかったばい」

ちゃぶ台に敷かれた石綿の上にどすんと鍋を置く。入れ替わりに、

「皆さん、どうぞ」

盆を持った女性が現れて、柑橘《かんきつ》の搾《しぼ》り汁と醤油を入れた椀《わん》を配る。

武勇伝に出て来た将校の娘、泉原智寿子《いずみはらちずこ》だと、さっき紹介された。祝言《しゅうげん》前だが、慣れるために店を手伝っているらしい。

武蔵は鍋から骨つきの肉をつまみ、椀に入れて口に運んだ。

「美味い！」

肉が柔らかく、滋養が身体に染み渡るようだ。

「だから言ったと。足りなきゃ、また炊いてくるけん」

磯村は、にこにこしながら武蔵の話相手をする。

「ほんなこつ、この店は警視庁の人に縁があるばい。汽車で会った日の前も、大勢来て、食べて行きよったとよ」

きっと、重沼と別班の刑事たちだろう。西多摩郡の前は、八王子に泊まり込んで捜査していた。

（まさか、昼間からこの店で酒を飲んではいまいな――）

西多摩郡で見せられた宿での騒ぎが頭をよぎる。

「その連中は何の事件でこの方面に来たのですか？」

青木に訊ねられたが、武蔵はそこまでは知らない。聞いていた磯村が、

「そこのカフェーで女給が殺されたとよ。店主が逮捕されたと」

柳川が、「ああ、それで」とつぶやいた。殺人事件が原因でつぶれたようだ。

ひとしきり、磯村の武勇伝がまた花を咲かせた。感心して聞きながら皆で鍋をつつ

いたあとで、

「ああ、食った」

「食べたなあ」

「美味かった」

「ご馳走様でした」

四人が一緒に頭を下げる。

「私とこいつらのぶんまで本当にいいんですか。店主のお任せで運んでもらったので、値が幾らなのか知らないんですが――」

「大丈夫ですよ。気にしないでください」

泊まり込みになってもよいように、貯金を持って来ている。

皆が食後の一服を始めた頃合いで、目当ての話を切り出した。

「俺は、梅本ハナちゃんの捜査をやり直してるんです」

青木以外の三人が、驚いた顔で武蔵を見つめる。

「咲次郎さんが犯人だったとは思えないんです。事件の前に梅本一家の子細を探りに来た人物はいませんでしたか。それが知りたい」

小泉が「ええと」と面をしかめながら、

「それって、犯人が下調べに来なかったかってことですよね。不審人物なら、うちの署が調べて、いなかったと結論が出ているはずじゃあ――」

質問の仕方が悪かったと気づいた。

「不審者を調べているんじゃないんです。怪しまれないやり方で、あなたたちから情報を引き出した者がいなかったか――ええと、どう言ったらよいのだろう」

犯人だったらどんなやり方をするだろうかと想像してみた。

「たとえばこうです。子供用品の訪問販売人を名乗る者が現れて、六歳くらいの子供のいる家を知らないかと訊ねたりとか……あるいは、そうですね……女児が使いそうな手巾《しゅきん》を見せて、これを落とした子に心当たりがないかと訊いたりとか」

こういう聞き方でなら、余所者であっても不審を買いにくい。梅本一家と直接に結びつかないので殺害後に疑われる恐れもない。

突然、「あっ」と鎌田が低く叫び、顔を突き出した。

「そういう人なら、いました。六歳の女の子が村にいるか――たしかにそう訊かれました」

「それです！」

武蔵も前のめりになった。

「でも、販売夫ではなくて、刑事でした。本物の手帳を持っていましたよ」

武蔵は慄然《りつぜん》とした。

「お前もかっ」

鋭く小泉が叫んで、煙草を勢いよく揉み消した。

「その刑事は東京市から来たのじゃなかったか？」

「そうだが……お前も会ったのか？　その人に口止めされたので黙ってたんだが――教えればよかった」

「刑事で間違いないんですね」

武蔵が念を押すと、小泉のほうが先にうなずいた。

「俺のほうは、昔、里子に出された子を捜しているとかで、担当区域の女子児童全員の似顔絵を描いてほしいと頼まれました。……絵は好きなんです……得意になってハナの顔を描いて渡してしまった」

「俺には訪ねて来なかったがなあ」

一人、柳川は、首を傾《かし》げている。

「でも現れたのはずいぶん前でしたよ。四月頃だったが、お前は？」

と、小泉が鎌田に訊ねる。

「俺はもっと前だ。三月だった」

（そういうことか！）

武蔵は打ちのめされた。

名指しで一家の情報を求めれば、事件のあとで想起される。だから、まずは不特定多数の六歳女児がいないかと、三月の時点で鎌田に訊ねたのである。

一人いるとわかったので、一月空けて四月に現れ、また名指しはせずに今度は小泉に似顔絵を描かせて容姿を確認した。

印象が刻まれないように、数ヵ月をかけて、複数の者からゆっくりと情報を引き出している。

同じ交番所の三人が仕事中に顔を合わせることがなかったからこそ、できた芸当だ。この悪制度は先月改正されるまで続けられていた。

両親の習慣もさりげなく聞き出したはずだが、そちらは今勤務中のもう一つの班の誰かからだろうか。あるいは村人か？

いずれにせよ、梅本家と限定せずに村人全員の暮らしぶりを訊ねることで、記憶に残らないように操作できる。

（手帳は本物だったと言ったな）

これも死角をえぐられた思いだ。巡査は偽警官を見破る教育を受けているのである。

警察手帳であれば、背糸の通し方や官印の何気ない箇所に偽物を見破る工夫が施されている。

相手が本物の刑事なら、外勤たちは情報を出し渋ることはない。階級が上であれば、余計な詮索はせずに即答する。

つまり――、本物の手帳をかざすことこそが、一見、無謀に思えて、実は疑われずに事を成し遂げるもっとも確実な方法なのだ。

「名前を憶えていますか!」

「……すみません。そのときは気にしていなかったので」

鎌田は頭を掻《か》いたが、小泉のほうは勢い込んで告げた。

「自分は憶えています。京橋築地署の塚海警部です。ひょろ長い顔の人でした」

「顔なら憶えてる。たしかに馬のようだったな……」

(つながった!)

武蔵は大きく息を吸い込んだ。

京橋築地署の塚海――久保雪子の事件を担当して、田島七乃介を自白に追い込んだ男だ――。

（ほかの刑事も仲間なのだろうか？　全員が警部か警部補だから主任か班長だ。部下を指示する立場なので冤罪を誘導できた……）

だが、そこまでの可能性となると大きな矛盾がある。

梅本ハナの事件では、青梅署司法係は咲次郎を白と見なし、冤罪を作る動きはなかった。ハナの事件だけが例外なのは変だ。

（それに桐生は、身近に接していたのでわかるが、あいつなりの正義感で動いていて、殺しをするような奴ではない。塚海以外は、元々、強引な性格で、冤罪を生みやすいだけだったのかもしれない――）

気づけば、青木たちがじっと武蔵を見つめていた。

「塚海刑事が犯人なのですか」

青木が真剣な目で問いかける。

「まだわかりません――どっちにせよ、もっとはっきりした証拠がなければ本庁は動かない」

武蔵は四人の顔を順に見た。

「皆さん。ここでの話は内密に願います。下手に騒げば犯人を取り逃がしてしまいますので」

青木が、武蔵に顔を寄せた。

「必ず犯人を挙げてくださいね。このままでは、咲次郎もハナも浮かばれません」

「必ずやり遂げます。捕まえる日を待っていてください」

十七

その日は逸《はや》る心に突き動かされて、夕暮れ発の汽車で麴町の下宿に戻った。

翌朝、京橋築地署に向かったのである。

休暇は今日を含めてあと二日しか残されていない。何としても明後日までに、再捜査を促す材料を固めなければならない。

塚海の勤務記録を調べるつもりだった。六件の殺害日にアリバイがなければ犯人である可能性が増す。性的な嗜好についても聞き込みをしたい。

日比谷で路面電車を降車してからは、人力車を走らせた。署舎の玄関に乗りつけ、そこにいた巡査をつかまえてあわただしく告げる。

「湯沢《ゆざわ》署長に面会したい。五十嵐閣下の命で動いている虎里と言えばわかります」

最後の決を採ったときに武蔵を支持する側に鞍替えしてくれた左遷署長である。協力を惜しまないはずだ。

すぐに、白制服の湯沢が、恰幅のよい身体を揺らして一階の廊下に現れた。とっさに違和感が武蔵の胸をかすめた。両頬に跳ね上げた口髭顔が硬く強ばっている。

湯沢は、廊下にいた職員たちを追い払った。

「悪いがもう協力はできん。帰れ」

押し殺した声で言い放つ。

「待ってください。どういうことですか」

武蔵は間を詰めて湯沢の顔を見上げた。

「署員の情報を得たいんです。当人に知られないように勤務記録を見せてください。普段の風評についても、お話をうかがいたい。ご迷惑はかからないと思います」

「その署員とは塚海だな。五十嵐閣下に提出した事件記録の担当が塚海だった」

(提出前に目を通したのか)

ならば話が早い。だが、湯沢は舌打ちして吐き捨てる。

「奴はもう、うちの署員じゃないぞ。帰れと言った理由がそれだ。無駄足だ」

武蔵は棒立ちになった。

「署員でないとは、なぜですか」

廊下の奥で引き戸が開いたので、湯沢は武蔵の背後に顎をしゃくる。

追い出されるていで共に戸外へ出た。湯沢は日差しを眩《まぶ》しそうに仰いでから、ようやく声を大きくした。

「今朝、奴は辞表を出したのだ。支那で商売を始めるそうだ。来週には日本を出る」

「なぜ急に――」

言いかけて、逃亡しかないと気づいた。

「高飛びですね。受理したんですか。記録を読んだなら怪しいとわかるでしょう」

湯沢は苛立たしげに武蔵を睨みすえる。

「それができる状況ではもうないのだ。俺を呼び出す電信が本庁から入っている」

武蔵はぎょっとした。

「まだわからないか。閣下もお前も動きすぎたんだ。塚海が告げ口したに違いない」

武蔵は言葉を失った。

怖れていた最悪の事態だ。が、塚海が気づいたにしては、動きが早すぎないか？

記録を読まれたことに勘づいたのなら二日前だ。職も暮らしもあるのに、すべてを捨て去って国外逃亡する決断を、こんなにも早くできるだろうか？

「本庁は常々、署長たちの態度に業《ごう》を煮やしていたんだ。この機会に焼きを入れるつもりだぞ。お前に賛同した者は降格か減給は間違いなしだ。五十嵐閣下など、さしずめ免職は逃れられまい。お前の責任だぞ」

（俺のために閣下にご迷惑が——）

頭の中が真っ白になった。

「登庁の準備があるのでな。お前も捜査ごっこはもう止めて腹をくくることだ」

歩み去る湯沢の背中を茫然としながら見つめる。

ハナたち六人の無念はどうなるのだ？

それを思うと胸が苦しくなった。

濡れ衣を着せられて自動車に轢かれた咲次郎はあの世でどう思う？

今も監獄にいる冤罪者たちをこのままにしてよいのか？

たぎる怒りが重石《おもし》となって、武蔵を地上に引き戻した。

「待ってください！　これで終われるわけがない！」

仰天した顔で湯沢が振り向いた。

「さっき、辞表は今朝だと言いましたよね。ならば塚海は署内にいますよね」

未払い給金の相談や私物整理などやるべきことは多い。今ならまだ署内だ。

「このまま支那に飛ばれちゃ、これっきりです。真相を暴く機会は失われる」

「お前、何をやるつもりだ」

湯沢は顔を引きつらせた。

「面を拝んで心証をつかみ取るんです。手掛かりを引き出さなきゃならない！　支那に飛ばれちゃあ、できなくなります！」

武蔵は湯沢の重い身体を押しのけた。

「おい！　そいつを止めろ！」

怒鳴る声を背に浴びて屋内に駆け込んだ。

吊り下がった部署名の札を目で追いながら、廊下をひた走る。

（二階だな）

駆け上りながら、下りて来る連中を突き飛ばしそうになる。

「ここだ」

目当ての札を見つけて引き戸を開け放った。

「塚海兵太郎！　本庁の虎里武蔵だ！　名は知っているだろう！」

大部屋の奥で血の気を引かせて硬直している顔の長い中年男がいる。

「塚海！　話を聞け！　球磨川村の梅本ハナちゃんを知っているだろう。お前が殺した女の子の名だ！」

背後に複数の足音が追いついて、

「ここにいるぞ」

「貴様！」

二人の内勤巡査に腕をつかまれたが、振りほどいてさらに歩を進める。

「俺は死に顔を見た。天を怨んだ可哀想な死に顔だったぞ！　逃げられると思ったら大間違いだ！」

部屋に居残っていた三人の刑事が武蔵の行く手を塞いだ。その向こうに、青ざめながら背を向けようとする塚海の姿がある。

「逃げるな！」

咄嗟に目の前の刑事を弾き飛ばし、突き進んだ。塚海の眼前に迫り、その表情をしっかりと読み取って、武蔵は愕然とした。

(違う――こいつは黒だが、殺害犯じゃない)

塚海は両目をいっぱいに引き剝いて、身を震わせていた。

白昼に幽霊を見たかのように血の気を引かせてのけぞっている。

「嘘でい……俺が死なせた……知らねえや」

消え入るような江戸弁のつぶやきが聞こえる。

(こいつは人を殺せるタマじゃない。殺したほうの奴はどこにいる?)

――梅本ハナちゃん、俺に力を貸してくれ。

武蔵はこの瞬間、藁《わら》にもすがる思いで祈った。

久保雪子ちゃん。

浅沼絹ちゃん。

高津ミヨ子ちゃん。

戸塚すみれちゃん。

持村和代ちゃん。

皆、そこにいるか。あの世から俺に手を貸してくれ。

脳裏で何かが弾けた。

「お前、本庁に仲間がいるだろう」

口を突いて言葉が飛び出た。

目の前の臆病な男が悪事の片棒を担いだのなら、安心できる担保がなければならない。

強い後ろ盾が本庁にいるのだ。そう考えれば、西多摩郡の事件で青梅署に冤罪作りの動きがなかったことにも説明がつく。

真犯人は、青梅署の刑事をあてにする必要などなかったのだ。出張ってきた本庁関係者の中に、そいつ自身がいたのだから――。

そいつは、青梅署の司法係には外勤巡査の意見を素直に聞く真面目な刑事しかいないことを最初から知っていた。朱雀署長も態度はでかいが根は律儀で、殺人事件が起これば署の電信設備ですぐに本庁に報せることも経験でわかっていた。

だから、安心して殺しができたのである。臨場さえできるなら、自分で冤罪を誘導すればいい。

そいつにとって、唯一の誤算が武蔵だろう。そもそも西多摩郡で事件が発生したときに溝口班は在庁班ではなかった。同じ日に事件が重なったために福富班が出払い、非番の溝口班が呼ばれた。

優秀だと評判の武蔵が担当できない日を狙って犯行を計画していたのではないか。溝口班の捜査にそいつが最終日まで付き合ったのは、嫌疑者の死に責任を感じたためではない。武蔵が真相を嗅ぎつけないかを心配したのだ。

最後にそいつは、武蔵を怖れる余り、失敗を犯した。単独で捜査をしていることを知り、急いで塚海を国外に飛ばそうとした結果、武蔵がそいつの正体に気づくきっかけを作った——。

「静かになったな」

「よし。こっちに来い」

内勤巡査たちにまた肩をつかまれていた。

刑事たちは顔をどす黒くして取り巻いている。

(追い詰める手がまだあったぞ。これで終わりじゃない)

武蔵はほほえみながら、男どもを眺めた。

「笑ってるぞ」

「気味の悪い奴だ」

顔を見合わせる巡査二人に、刑事が指示する。

「お前たちで、署長のところに連れて行け」

「はっ。ただちに」

うなずいた拍子に肩をつかむ手が緩むのを武蔵は見逃さなかった。

巡査たちの腕をはね上げて、目の前の刑事の面を張り飛ばした。

「こ奴!」

床に転んで、目を見開いている。

別の刑事が、

「応援を呼んで来いっ」

武蔵は拳をにぎって間髪《かんはつ》入れず、そいつにもぶつけた。

巡査たちが叫びながら部屋を飛び出す。

「免職覚悟だ。かかってこい」

さして強くもないのが事実だが、はったりをかました。

せいぜい、派手に暴れてやる。

刑事たちを突き飛ばし、殴り、そして蹴《け》った。

がつんと側頭部に衝撃が来て、武蔵は意識を失った。

第三章　攻防

一

武蔵が薄目を開けると周囲は閉ざされた闇だった。片側の頬に、硬く冷たい感触がある。

頭が割れるように痛い。吐き気に襲われたが、何とか堪《こら》えた。触ると布の手触りがあるので、応急処置はしてくれたようだ。

（本庁地下の留置檻《かんぼう》房か）

嫌疑者を出し入れしたことがあるので見当がついた。頬の下は石畳だ。闇に目が慣れれば鉄格子も見えるはずだ。

横になったまま状況を推《お》し量っていると、頭の痛みは和らいできた。遠くで鼠《ねずみ》の駆け回る嫌な音がしている。

三十分近く横になっていると、通路の端の扉が軋《きし》む音が聞こえた。

かちっと、ソケットをいじる音と同時に、周囲が電球のオレンジ色に彩られる。

咄嗟に目を閉じて、意識が戻っていない振りを演じた。

「起きろや。気づいてんだろうが」

重沼の鋭い声が降って来た。足音は一人ぶんだけで、目の前で止まっている。

「寝た振りすんなって言ってんだ。隙を狙っても無駄だぞ。おめえが油断のならねえ奴だってわかってる」

武蔵は目を開けて身を起こした。

重沼の黒い影が鉄格子の向こうにある。通路に吊り下げられた電球を背にしているので、目鼻が隈《くまど》取られて表情を読みにくい。

「なぜ黙ってんだ。何とか言えや」

武蔵は正座をして頭を下げた。

「このたびは……ご迷惑をおかけしました……少々、むしゃくしゃすることがあったものですから」

重沼が息を吸い込む音が聞こえた。つかのま、遠くで鼠が何かに歯を立てている耳《みみ》障《ざわ》りな音だけが響く。

「……なあに。さして迷惑になっちゃいねえさ。こっちは、おめえの処分を決めて従わせるだけだ」

重沼の声から棘《とげ》が消えて普段の口調に戻った。こうなると、腹の探り合いだ。

「俺は、どんな処分を受けるんですか」

「最低でも懲戒免職だな。それ以上もある」

マッチを擦《す》る音がして、重沼の口元がぼうっと赤らむ。

「それ以上とは？」

「さあて、どんな罪状が適当かな。狂言芝居で署長会議を混乱させたんだからな――偽計《ぎけい》業務妨害罪は免れまいが、それだけでは生ぬるい。何がつけ足せるか、思案中だ」

監獄に送り込むつもりか――いや違う、と武蔵は重沼の胸中を読み切った。

偽計業務妨害罪では三年も待たずに服役を終えるのである。そのあとのことを重沼が心配しないわけがない。

服役以前に、予審や公判で武蔵が何を喋るか、不安で堪らないはずだ。

「俺が乱闘した理由は訊かないんですね」

「訊く必要なんざねえさ。おめえ、あそこの刑事を殺人者呼ばわりしたんだってな。それが原因の喧嘩だろうが」

「目撃証言を確認してください。俺に言い訳をさせたくない理由があるんですか」

重沼の目の隈取りが広がった。目を見開いたのか。煙草を石畳に落として靴でねじっている。

「言い訳してえならしろや。取調室に連れて行ってやる」

声に棘が舞い戻った。錠《じょう》に鍵を差してがちゃがちゃと性急に回している。上着の隠しに手を入れて鋼鉄製の手錠をつかみ出した。

「作り話でも何でも聞いてやるぞ」

空いた手で鉄格子をつかみ、軋みとともに扉を開く。

「来い」

「行かない」

「何だと」

立ち位置がずれたおかげでようやく重沼の表情が読み取れた。目をまたたいている。

「話を聞いてやると言ってるんだ。なぜ来ねえ」

「あんたが、その手錠で俺を殴り殺すつもりだからだ」

重沼の顔から一瞬だけ表情が掻き消えた。感情を読み取られまいとするとき、よく人は心を空っぽにしてこういうふうに無表情を装う。

重沼は甲高い声で笑い始めた。

「殴るわけがねえだろう。たしかに、おめえの不始末で気は立ってるが、殴って鬱憤を晴らすほど子供じゃねえんだ」

「鬱憤を晴らすとは言っていない。殴り殺すと言っている。もしくは、手錠をかけたあとで俺の頭を石畳に叩きつけるかだ。事故の理由はいくらでも作れる」

重沼は面をしかめて苦笑いの表情になった。

「だめな部下でも、そこまでして罰しねえよ。まいったな」

一歩進んで房に踏み込んできた。武蔵は後じさって身構える。

「この檻房に誰もいないのはなぜだ。ほかにも房があるのに、鼠の気配しかないのはどうしてだ。お前が移動させたんだな。取り調べを今やるように部下たちに命じた
──そうだろう」

重沼の動きが止まった。鼻息を漏らして武蔵を見つめている。

「一人しかいねえのは偶然だ」

「嘘をつけ。見廻りの看守も現れそうにないじゃないか」

重沼はへらへらと面をゆがめて、

「手錠はおめえが暴れると思ったからだ。嫌ならしねえよ」

上着に仕舞う。

「さあ来い。こっちはさっきまで署長たちの相手をして疲れてんだ。おめえのせいだぞ」

「行くものか。あんたは俺に前科をつけるくらいで安心する奴じゃない。不安の根は引っこ抜かなければ気がすまない男だ」

「駄々っ子だなあ。妄想も大概にしやがれ」

武蔵は不意に気づいた。

重沼は江戸弁だ。塚海も江戸弁だった。江戸弁は、皇居より東の、江戸時代に町人が住んでいた場所で使われた方言だ。東京市民は皆使っていると誤解している地方人もいるが、実際は東京市の一部で使われている。

「あんた、江戸弁だよな。駆け出し巡査のころは京橋署から始めたのじゃないか。その時代に塚海と知り合って、奴の弱みをにぎったんだろう」

刹那《せつな》、重沼の顔からすべての表情がそげ落ちた。無表情を装ったのではない。つるりと皮膚が剝けて、その下にある別の生き物の顔が見えたように武蔵には思えた。

「たしかに——俺は京橋署から始めたが……」

重沼はのろのろと答えた。喋るうちに表情が元に戻った。

「だから何だってんだ。弱みとか、何言ってる。わけがわからねえ」

重沼は大声で笑った。

「とにかく来い。執行猶予がつくくれえに軽くしてやれるかもしれねえぞ」

そのときである。

ふたたび扉が軋んだので、重沼がぎょっとした顔で振り返った。

「本庁監察官だ。ここで何をしている」

白制服の男二人が歩み寄る。

「重沼係長だな。あんたは、そこから出ろ」

背の高いほうが指を突きつけて命じた。警視の肩章をつけた次席監察官だ。

「俺は不始末をしでかした部下を連れ出すところだ」

「虎里武蔵は先に監察が調べる」

重沼は顔をゆがめて立ち尽くす。

もう一人のがっしりした体格の男が、重沼を檻房から引き剝がした。警部の肩章なので見習い監察官だ。

「身内同士でかばい合ったり、隠蔽する事例が増えている。それを防ぐために我々が先に話を聞く」

武蔵は胸をなでおろした。京橋築地署で派手に立ち回った甲斐《かい》があった。中途半端に言い争いをした程度では監察官は出張って来ない。殴り合いをして上層部の耳に入れる必要があったのだ。

「虎里、てめえ。やりやがったな」

重沼が振り向いて鬼の形相に変じた。

「通してください。檻房から出るので」

武蔵は重沼を押しのけて、その鼻先を、さっさと通り過ぎる。

ちらりと見やると、重沼の両目がかつて見せたことのない憎悪の炎で燃えている。

武蔵は今、本星《ほんぼし》にたどり着いたことを確信した。

二

「首席監察官の鬼藤《おにふじ》四等官である。虎里武蔵巡査、腰を下ろせ」

広い部屋の中央に椅子が一脚置かれた監察官室である。武蔵が座ると、連行した次席監察官と監察官見習いが背後に立った。

壁を背にした机の向こうから、白制服の鬼藤徳郎《とくろう》警視が目を光らせている。「鬼監《おにかん》」の異名で本庁警察官たちに怖れられている男だ。歳は溝口と同年代に思える。

高等文官試験を一番の成績で合格して内務省入りした生え抜きだと聞いていた。順調に出世すれば頂点の警保局長も夢ではなかったろうに、自ら志願して監察官の道を選んだ特異な男だ。

鬼藤は、指を机上で組み合わせ、瞬《まばた》きしない目を武蔵に向けた。

「檻房の住み具合はどうだった？　出るときに一悶着《ひともんちゃく》あったようだが」

「今は何日の何時ですか」

問われたことは無視して日時を確認した。よもや塚海が日本を出たあとということはあるまい。

「七月三日の夜七時だ。時間が気になるのか」

鬼藤は表情を変えずに答えた。

（よかった。まだ一日も経っていない）

正確には乱闘の九時間後だ。道理で腹が減っている。

「俺はこのあと、刑事課に引き渡されるんですね」

「そうなる。重沼係長が、米倉三等官の名を使って、明日には渡せと要求してきた。本来なら上位にあるはずの監察組織も、現実は上位官僚の命に従わざるを得ない。我が日本警察の悲しい実態だ。俺が監察の道を選んだ意義が薄れる」

鬼藤は指を解き、机上に置いていた書類をとんとんと叩いた。

「米倉さんに引き抜かれたようだが、お前の能力は本物のようだな。寝ている間に本庁だけでなく板橋署の勤務評定を取り寄せて読んだ。評定からわかるお前の人物像と、今日お前がやらかした乱闘騒ぎとが、どうにもちぐはぐで腑に落ちないのだが」

「身柄が刑事課でなく監察に置かれるように暴れたんです」

鬼藤はうなずく。

「そうだろうと思った。先に押さえたつもりが、現実は踊らされたわけか」

鬼藤は鼻で笑ったが、作り笑いめいていて、本心はおもしろくないのだとわかった。いや、おもしろくないことをはっきりと武蔵に教えているのか。

「説明を聞こうか」

ようやく本題に入った。聞く価値がありそうだと判断してくれたようだ。

「俺は連続殺人犯を追っています。初めてそいつの犯行に出くわしたのは二週間前の西多摩郡でした。六歳の女児に限定して扼殺を繰り返す変態殺人鬼です。捜査係は別の人間を誤認逮捕しそうになり、事故で死亡させてしまいました。俺にも責任があります」

鬼藤の目が光る。

「そんなふうには聞いていない。嫌疑者が勝手に死んだとしか上がって来ていないぞ」

「重沼係長が隠蔽したんです。汚点になりますので」

鬼藤の胸が大きく上下した。

「その件は、これとは別に調べた上で責任を取らせよう」

武蔵はうなずいて、続きを喋る。

直属上官の溝口に五日間の休暇をもらったこと、単独捜査を始めたこと、青梅署以外にも五署の管内で同一犯らしき犯行が認められたこと。署長会議での経緯、そして今日の乱闘に至るまでを、かいつまんで鬼藤に伝えた。

鬼藤は聞き終わるまで姿勢も表情も変えなかった。背後にいる二名の顔は窺えないが、聞き耳を立てているらしく、そちらも身じろぐ音がしない。

京橋築地署での乱闘までを喋り終えて一息をつくと、鬼藤はまた指で机を叩いた。

「今日は署長連中が警務部に出頭させられて騒々しいと思ったら、そういう背景か。俺に聞かせても、お門違《かど》いだぞ。監察官の仕事は不正の追及であって、捜査の補助ではない。刑事課の怠慢は糾弾《きゅうだん》するとしても、捜査に動くかは彼ら次第だぞ」

「あなたに聞かせた理由は別にあります。俺の探す犯人が、刑事課の中にいるのです」

鬼藤は大きく口を開けた。感情をあらわにした鬼藤を見るのは初めてだ。

「その根拠は何だ」

「犯人は掌の上で事件を操っています。遺体を隠すことで殺人が発覚しないようにしているが、それが敵《かな》わないときは別の者に罪をなすりつけているのです――」

「たしかに捜査内状に詳しくなければできない芸当だが、だから刑事課にいると言うのか？　つまらん。推理が稚拙《ちせつ》だ」

「核心はここからです」

武蔵は鬼藤の目を見すえた。

「犯人は、確実に自白強要がなされるように手をまわしているんです。京橋築地署の事件では、仲間の塚海警部が捜査を誘導しました。西多摩郡では青梅署内に協力者がいないため、犯人自らが本庁捜査を指揮して冤罪を作り上げようとしました」

「理屈は通っているが信じられん。ほかの事件ではどうなる」

「冤罪を作りそうな刑事が指揮する署を選んだと思われます。強引で裏付け捜査を軽んじる刑事たちです。全員、階級は警部補——所轄署では主任かその下の責任者です。警部補が黒と言えば、部下の刑事たちは従います。警部補が飛びつきそうな物証を現場に置いてやるだけでいいんです。あとは勝手に冤罪を作ってくれる」

鬼藤は呆れ返ったように唇をめくり上げて眉も吊り上げた。今日二度目の感情丸出しの顔だ。

「現実味がないな。どうすればそんな刑事を選び出せるというのだ……あ！」

鬼藤は突然、前屈みになって、机上の書類を穴の空くほど見つめた。

「そうなんです。勤務評定を読めば簡単に選べるんです。あなたが俺のを取り寄せて今読んだように」

鬼藤はぐっと顔を上げた。

「刑事課の管理職が、所轄署に命じて取り寄せたと言うんだな。引き抜く刑事の選考のために、しょっちゅう要求しているので不自然じゃない」

「悪徳刑事がそうそう警部補に上れるわけはありませんので、実績はずば抜けた人たちです。検挙率は高く、捜査に要した手間と期間は逆に短い。でも、素早い捜査は裏付けを軽んじているためですし、検挙率が高いのは強引に自白させているからです。横暴な性格が玉に瑕《きず》——とでも評定に書かれていれば、犯人にとって当たりです。十中八九、冤罪に気づかずに予審送りを検事に進言します」

「ううむ」

鬼藤は眉間を険しくした。冷静を繕うことをもはや忘れたかに見える。

「重沼がそうなのか？　だから、お前を押さえようと留置檻房に現れたのか」

「それしかないと俺は思います」

「六つの事件で殺害推定日の重沼のアリバイはどうなっている」

「西多摩郡では、アリバイはありません。直前に八王子管内で事件があって、泊まり込みで出張っていました。本庁に顔を出したのは殺害日の翌日です」

「ふむ」

ハナの殺された日の早朝に八王子捜査本部は解散していたのである。殺害時刻がちょうど移動時間だった、というより、手が空いたので殺害に踏み切った。そう考えるべきだろう。

計画自体は塚海の協力によって数ヵ月前から練られていたはずだ。西多摩郡の隣の八王子に事件が起こったので実行の機会をうかがっていた。

指揮官が常に捜査現場にいるわけではない。しょっちゅう郵便局や所轄署に足を運んで、ほかの班に電報を打ったり本庁からの打電を受け取っている。

空き時間で西多摩郡まで移動して咲次郎の円匙を盗むのは可能だ。

事前の穴掘りも、八王子の事件捜査の最中にやれたろう。要は、夜と朝の捜査会議の席にいさえすればよいのだ。

移動日は雨が降っていたことがハナの運命を決めた。空を見上げた重沼が絶好機を逃すはずがない――。

「ほかの事件でのアリバイは残念ながらわかりません。正体に気づいたのが九時間前でしたので。留置檻房に入れられなければ調べたんですが」

「殺害日は覚えているか？」

「手帳に書き留めてあります。懐にあるので出してもいいですか」

「出して、後ろの監察官に渡せ」

言われたとおりにすると、鬼藤が二人に命じた。

「田中《たなか》、有吉《ありよし》、調べて来い」

「はっ」

「すぐに」

急ぎ足で二人が部屋を出る。

唖然と見送る武蔵に鬼藤は、

「刑事課の庶務と警務課の人事で調べがつく。待ってろ。重沼に明らかなアリバイがあったなら、お前の作り話と判断して打ち切りだ」

「わかりました。ご協力をありがとうございます」

武蔵は姿勢を正して待った。

空腹のみならず疲労が溜まっているはずだが感じなくなった。万一自分の見込み違いだったらと考えると気が気でなく、じりじりとしながら座り続けた。

鬼藤も無言のまま、ふたたび指を組み合わせて武蔵と向かい合っている。机上に灰皿はないので時間つぶしの煙草は吸わないようだ。

四十分ほどが経過したころ、田中と有吉が部屋に戻ってきた。武蔵は固唾《かたず》を呑んで見守る。

「すべての事件で、殺害日に重沼係長の登庁記録はありません。非番、病欠、移動日、などです」

武蔵はどっと息を吐き出した。

鬼藤は、二人が写し取ってきた書き付けに目を走らせてのち、凄みの増した目を武蔵に向ける。

「重沼と塚海の関係はどう説明する」

「係長は、京橋署で巡査勤務を始めました。そのころに塚海と接点があったのだと思います。塚海は自分で殺しができる性格ではありません。係長に弱みをにぎられて従わせられたのではないかと」

「もうすぐ国外に出るのだったな」

「来週です。今日は木曜なので早ければ三日後に出航するのでしょう。支那なら海外旅券を携帯せずとも咎《とが》められませんし」

「今すぐに塚海を連行して吐かせられると思うか」

「無理です。数日待てば安全な場所に逃げられるのに吐くわけがない。今頃は見つからない場所に潜んでしまったと思います」

鬼藤の表情に険しさが増した。

「重沼も当然吐かない。どうするんだ。お前の想像と重沼の勤務記録だけでは証明できないぞ」

武蔵は前屈みになって身を乗り出した。

「俺に数日ください。身柄を刑事課に渡さず、自由にしてください」

「何をするんだ」

「係長が殺人に関与した証拠を見つけます」

「できるのか」

鬼藤は目を見開く。

「結果はわかりませんが、やってみたいことがあります」

「逃げるのじゃなかろうな」

鬼藤は眉間に切り込んだような皺を刻む。

「逃げて俺に得がありますか。犠牲者たちに申し訳なくて眠れぬ毎日になるだけだ」

「だろうな」

鬼藤はふっと表情を緩めた。

「二日だけやろう。刑事課を誤魔化すのは二日が限界だ」

「ありがとうございます」

鬼藤は目を光らせて釘を刺す。

「感謝はしないほうがよい。お前を刑事課に渡さないためには、目を盗んで逃げたことにするほかない。捜査係はお前を追うぞ。証拠をつかむ前に捕まったら前科者が確定だ。覚悟しておけ」

「かまいません。真相を暴く機会が得られるならどんな危険も厭《いと》いません」

「二日経って何もつかめないときも出頭してお縄を受けろ。それがお前の限界だ。無《ぶ》様《ざま》にあがくなよ」

「わかりました。きっと証拠をつかみます」

鬼藤は大きくうなずいて、無表情に戻った。

「こいつを何かにくるんで表まで運んでこっそり放り出せ。あとはかまうな。こいつに運と力があるなら自分で何とかする」

二人が応じる声を聞いてから、武蔵は立ち上がった。

三

その三時間後である。

「溝口班、集合しました」

二ツ町が溝口に告げる言葉を聞きながら、武蔵は帝国劇場の衣装部屋のドレスの蔭で身じろぎした。時刻は夜の十一時を過ぎている。

「班長、どうして劇場で集合なんですか。わけを教えてくださいよ」

宇佐野の苛立った声に続き、

「仮眠中にこんな呼び出し、明日の捜査に響きますよ——フワァ…」

田淵は欠伸している。

本庁を放り出されてすぐに身を潜められた先が、隣の帝国劇場しかなかったのである。

芝居がはねた時刻らしく、三つある正面扉から大勢の着飾った人々が吐き出されていた。

頬を紅潮させた出待ちの一群が待ちきれずに楽屋に押しかけていく流れに混ざり込んだ。村橋蘭子を見つけ出し、事件捜査で本庁に泊まり込んでいる溝口班長への伝言を頼んだわけだ。

さっそく現れた溝口には、もう事情を説明してある。

「つべこべ言わずに従え。すべての責任は俺が取る」

「ええ?」

「まさか班長が」

「信じられない」

三人に驚かれている。吊り下げられた衣装のせいで見えないが、表情が目に浮かぶようだ。

「うるさい。——おい、武蔵。言われたとおりに集めてやったぞ。お前の口で説明しな」

武蔵は、ごそごそと衣装をかき分けて進み出た。

「おっ。武蔵」

「博多に行ってるんじゃなかったのか」

「頭どうした。血が滲んでるぞ」

口々に喚いたり指差したりしている。

三人が何も知らない様子なので、武蔵はとりあえず胸をなで下ろした。重沼はまだ武蔵の逃亡に気づいていないのだ。知ったら最後、使える駒をすべて使って追い始めるだろう。

「説明しますので聞いてください——」

鬼藤や溝口にした話を繰り返すと、たちまち三人の眉間に皺がよじれた。

「信じられるか！　てめえ、その傷で、頭がおかしくなっちまったのか！」

二ツ町が、腐った食べ物を口に突っ込まれたように唇をひん曲げて叫ぶ。

宇佐野も、

「班長は信じたんですか！　前から変人と思っていたが、ここまでとは！」

溝口にどかどかと詰め寄る。

「助けてやりたいが、これればかりはなあ」

横で田淵もいぶかしげな顔だ。

「武蔵！」

と溝口が、宇佐野を押し退けて歩み寄り、どやしつけた。

「しっかりしろ。こいつらを人情で動かそうったって無理な話だぞ。生活があるから胡散臭い話には乗れないんだ。俺にやったように、理屈で説得しろ」

武蔵は三人をあらためて見すえる。

「まだ最後まで話してないんです。俺は殺人の共通点にばかり注目していたんですが、違いに目を向けてみたんです。犯人が冤罪を仕組むために残した遺留品なんですが、鑑識係ができた年を境に、変化があるんです」

三人は虚を衝かれた表情で武蔵を見つめた。

「京橋、日本橋、北豊島では、手拭い、鉢巻き、帽子でした。すべて布なので指紋が残りません。ところが、明治四十四年以降に発生した本所、本郷、西多摩の事件では、瓶《びん》、紙幣、円匙なんです。どれにも指紋が残っていて、自白を導くための物証になっています。こんな違いが、偶然で起きると思いますか」

二ツ町が眉をひそめて問い質す。

「捜査に詳しい奴の犯行だって言いたいのか。たしかに指紋なんて、素人《しろうと》は思いつかない」

「ですよねえ」

と宇佐野も応じ、

「ばらばらの犯行で偶然が生じたと考えるより、刑事捜査に詳しい連続犯を仮定したほうが納得がいきますね」

田淵も、こくりとうなずきそうになったが、

「だからって、係長が殺ったってのはなあ……」

武蔵は、田淵への反論はひとまず置く。

「先輩たちは俺より長く刑事をやっていますが、明治のころに指紋捜査が始まると予測していましたか」

「いいや。考えてもみなかったな」

二ツ町がしかめ面で即答する。

「無知で悪かったな！　俺も、お前ほど頭がよくないものでな」

宇佐野も肩をそびやかして吐き捨てる。

「俺なんか、司法省で始まったときも知らなかったし……小津さんが係長で戻ったので驚かされたんだぜ」

田淵は頭を掻いて苦笑いしている。

武蔵は三人の目の前に両手を突き出して掌を大きく広げた。

「俺たちの手で、明治四十四年より前の証拠品をもう一度集めましょう」

三人はふたたび呆気に取られた顔になった。

「そのころなら、犯人——いえ、係長といえども、指紋の危険性を知らずに素手で触ったに違いないんです。俺たちで、あらためて指紋採取をやるんです」

「おお！」

と二ツ町が目を見張った。宇佐野と田淵は声を失っている。

「なあ？　信憑性のある話だし、おもしろそうだろうが」

溝口が片頬をゆがめてにやりとした。

「指紋って、そんなに長く残っているものなのか？」

宇佐野が誰に訊くともなくつぶやくので、武蔵は声を張り上げた。

「表面がなめらかな紙なら五年は残るそうです。十年前の紙から検出できた事例も外国にあると小津さんが言っていました」

「十年か。それなら、いけそうだな」

目の色が変わってきた二ツ町に続いて、宇佐野も、

「面白い……かも、しれないなあ」

だが、田淵はまたもやぼそぼそと、

「でも係長が犯人だとは思えない……」

頑迷に後戻りしようとする。

武蔵は「信じられなくともいいんです」とうなずいてみせた。

「こう考えてください。指紋を調べ直せば真犯人が見つかる。逃げ果せている犯罪者に鉄槌《てっつい》を食らわすことができて、冤罪に落ちている人は救える。正体が誰かという問題はそのとき考えればいいじゃないですか」

「その考え方はいいな。気に入った」

二ツ町が溝口に視線を向けた。

「班長。やりましょうぜ。うまくすりゃあ、俺たち捜査係の英雄になれるし、武蔵の見込み違いなら、それはそれで武蔵を土産《みやげ》にして係長に差し出せば褒めてもらえる。

西多摩郡で咲次郎を死なせた失敗はこれでちゃらだ」

　これを聞いて宇佐野も対抗心が大いに芽生えたらしく、

「俺も、やってやるよ。隠れていなきゃならないお前の代わりに、指紋が保存されていそうな遺留品を捜し出してやる。何も出なかったら、お前を引きずって係長に頭を下げさせるぞ」

「かまいません」

「俺は最初からやる気だった。お前の説を信じてた」

日和見《ひよりみ》していた田淵も、ちゃっかり言う。

「よし。決まった。俺たち溝口班は、手分けして遺留品をここに運ぶ。この部屋を俺たちだけの捜査本部にしよう」

　もともと大人になりきれない性格のためか、溝口は子供のようにはしゃいでいる。

　と、そこへ、

「やあ皆さん、お揃いですな。相談事は進んでいますかな」

　場違いに陽気な声を響かせて八丈教授が姿を現わした。

　蘭子に溝口の呼び出しを頼んだとき、教授も楽屋に居座っていたので、華山一家を心配させないように、夢子と一郎への伝言をお願いしたのである。

その夢子は大きな風呂敷包みを二つも提げて教授の後ろから現れる。

「話は聞いたわよ。あんた、とことん馬鹿なのね」

眉を吊り上げかけたが、武蔵の包帯に気づいたとたん、

「やだ、その頭――怪我したの？」

武蔵はそれより夢子の提げているものが気になった。

「怪我はたいしたことないので大丈夫だよ。何だ、その包みは」

「差し入れに決まってるじゃない」

皆で歓声を上げて、部屋の中央にあった洋卓の上の鬘《かつら》や装身具をどかした。夢子が「よいしょ」と包みを置いて結び目を解く。

竹皮でくるんだ塩むすびがたくさん現れた。竈で炊く暇はなかったはずなので、近所に声をかけて残り飯をかき集めてくれたのか。

鍋もあって、醬油のよい匂いがすると思ったらハヤシビーフだ。下宿を出るときに、「今日も大好物を作るからね」と夢子は笑っていた。

嬉しくて武蔵は涙が出そうになったが堪えた。

「これを持ってこぼさないように自動車で運ぶの、大変だったんだからね」

教授が「えっへん」と割り込み、

「何を隠そう。自慢ではないが、私はフォードを持っているんだ。今日は運搬のお手伝いをした。明日も必要だったら言ってくれ。フォードがあると便利だぞ」

「あんた、免許はどうした」

溝口が指摘すると、

「教授を送り迎えする運転手だと言い張って取得した。その教授とは自分自身だ。嘘ではあるまい？」

唖然とする返答である。

よく考えれば、教授と溝口は傍若無人《ぼうじゃくぶじん》で自由すぎる者同士だ。人を食う二人が顔をつき合わせるとどうなるのだろう。

「さあ、腹ごしらえといくか。この部屋は私のコネで劇団から借りてやったんだぞ。ここを臨時の捜査本部にしよう」

「それは俺がさっき言ったんだ。真似するな」

溝口が引きつった顔になる。

武蔵も皆に交じって塩むすびに手を伸ばした。ハヤシビーフは湯飲み茶碗によそって、ごくごくと飲み込む。

（助けてくれる人たちがいるっていいなあ）

衣装の蔭で不安を抱えながら潜んでいたさっきまでの心細さが嘘のようだ。犠牲者の女の子たちも、きっとあの世から声援を送ってくれている。

四

「証拠品を預かってきたぜ。場所を空けてくれや」

二ツ町が箱を抱えて戻ったので、武蔵は洋卓の上の茶碗を大急ぎで隅に寄せた。

床置きの大時計の針は午前三時に差しかかっている。二ツ町は深夜営業の人力車を飛ばして、麴町の帝劇と日本橋の久松署とを往復したのだ。

「空きましたよ。お願いします」

「よし！」

箱を逆さまにして中身をぶちまけた――と見るや、

「馬鹿野郎、丁寧に扱えといつも言ってるだろう！」

隅の長椅子で怒鳴り声とともに小津がむっくり半身を起こしたので、二ツ町はのけぞった。

「小津係長がなぜここに！」

横で腕組みをしていた溝口が、ふふんと鼻で笑う。

「俺が自転車を飛ばして自宅からお呼びしたんだ。指紋を採るなら、いていただかなくちゃ困るだろうが」

「そういうことだ」

「ついでに本庁にも行って、道具運びを手伝ったんだぜ」

現場でいつも小津が提げている大鞄が溝口の足元に置いてある。

「どれ、見せてみろ」

小津は歩み寄るなり、証拠品の一つである紙袋をつかみ上げて中をのぞき込んだ。ぶちまけたといっても、紙包装された物品が三つだけである。

「何だ、手拭いか？」

上下を逆にして振ると、細長い布がばさっと洋卓に落ちる。

「手拭いでなく鉢巻きです。逮捕された山田数作が犠牲者の足を縛るのに使ったとされているものです」

記録を憶えている武蔵が教えた。

「自分だって、手荒に扱ってるじゃないですか。手袋もしてないし」

二ツ町が眉間を険しくして指差すと、

「知った口を叩くな」

小津は眉を吊り上げる。

「指紋が採れない布だと見て取った上でこうしてるんだ。指紋捜査が始まる前だからこそ、間抜けのあいつがこれを偽装に選んだわけだろうが？　ハハ」

鉢巻きを封筒に戻すと、あらためてメリヤス手袋をはめた。

「見ろ。これなんか新聞封筒で包んでるぞ。文字のインクが中身に移るって思わなかったのか？」

使用済みの新聞紙で作った封筒である。切手を貼ればきちんと郵送できるし、包装紙としても重宝だ。

検出前の指紋を保存するには、缶で密閉して湿気を遮断するとよいのだが、久松署の事件が起こった明治四十二年にはそんな見識も必要性もなかった。所轄署ごとに、気ままなやり方で保管している。

新聞封筒から短くなった使い古しの鉛筆が現れたので、小津は目を丸くした。

「刑事の忘れ物か？」

「現場に落ちてたんですよ。大学生なら持っていてもおかしくありません」

学生や刑事以外で鉛筆を使う者は滅多にいないのである。そう思って、重沼か塚海は、鉢巻きと一緒に数作の使い古しの鉛筆を盗んだのだろう。

「俺も高校の入学祝いで舶来品の鉛筆を親父にもらったぜ」

溝口が自慢げに唇の端をゆがめた。よい思い出らしく、笑みを滲ませている。

「指紋は採れそうですか」

「品質が悪い。木の表面が粗くて、だめだ」

小津は、そっけなく言い捨てて封筒に戻した。

木材に指紋が残る事例は限られるのである。表面がつるつるに加工されていて、かつ、しつこく皮脂が染み込んでいる場合だけだ。

一つ残っていた和紙の包みを小津が開く様子を、武蔵は目を懲《こ》らして見つめた。子供用の可愛らしい巾着《きんちゃく》袋が現れたので息を漏らす。

（また布だ……指紋は無理だな）

小津が紐《ひも》を緩ませて内側を見せたが中身は空だ。

「犠牲者の持ち物ですね。辛くて親が返却されるのを拒んだのかな」

押収品は、裁判が終われば検察から所轄署へと戻されて、数十年間保管される。それ以外の重要でない遺留品は、持ち主や家族に返却するのである。

記録綴じには、遺留品や返却品の一覧表がつけられていたが、巾着袋は記載されていなかった。

重要物ではないので省いたのだろう。荒っぽい刑事ほど、筆をおろそかにする。記録に漏れている遺留品はほかにもあるかもしれない。

「一件目は全滅だったな」

小津が宣言してすべてを箱に戻した。

「俺は無駄に駆け回ったってことか、クソっ」

椅子にもたれ込んでいた二ツ町が悪態をつく。

（そもそも、品数が少なすぎる……）

箱を満たすほどに物証を集める慎重な刑事なら、最初から冤罪は作られていないということか。

武蔵は気を取り直して小津に訊ねた。

「金属だったら指紋は期待できますか。円匙の取っ手からも採れたし、つきやすいと前に教えていただきましたよね」

京橋築地署の記録綴じで見た飴の入ったブリキ缶を思い出していた。久保雪子を殺したときに重沼が触っていそうだ。

「……たしかにつくが、とっくに消えてるな。金属やガラスは表面が乾燥するので、せいぜい数ヵ月しか保《も》たないんだ。指紋の保存に適しているのは紙だ。皮脂が内部に吸い込まれるので残りやすい」

だったら、ブリキ缶はだめか。側面に貼紙がなされていたので、期待できるとしたらそこだけだ。

「ならば、紙の遺留品を探すしかないですね。巾着袋以外に返却されたものがないか、遺族に当たりましょう」

皆が驚きの目を武蔵に向けた。

「二ツ町先輩」

呼びかけると、ぎょっとした顔を返された。

「何だよ。俺が探すのか？」

「お疲れのところ、申し訳ないです。もう一度、日本橋に行っていただけますか」

厚かましいが、頼むしかない。

「返却品で紙のものがなかったかを遺族に訊ねてください。女の子なので、折り紙の類いを持っていたかもしれません。それと、二軒隣に数作が下宿していた家がありますので、紙の私物が残っていないかを大家に確かめてください」

隣で聞いていた溝口が目を白黒させながら手をかざす。

「なぜ数作も調べるんだ？　冤罪なら現場に行っていないし、係長とも会っていないだろうが」

武蔵はもう一度、封筒から鉢巻きを出して、溝口の眼前に広げてみせた。

「どこにも名前の縫い取りがないでしょう？」

「それがどうした」

「別の事件の帽子と手拭いには縫い取りがあるんです。持ち主が特定されやすいように名前がわかるものを偽装に使ってるんです」

「何が言いたい？」

「数作の周囲に都合よく名前を記したものがなかったってことですよ。鉢巻きに決める前に、もっとほかにないか、探し回ったはずなんです」

溝口は唖然とした顔をした。

重沼か塚海なら、警察手帳をかざして家捜《やさが》しができるのである。庶民は刑事を恐れているので理由をしつこく問わないし、捜査手続きについての知識もない。

おそらく、数作が大学に行っている間に大家の許可を得て屋内に入ったのではないか。

家じゅうを探すふりをして、数作の持ち物だけを盗んだのだろう。帰宅した数作が紛失物に気づいても、刑事を疑うわけにいかず犯人はわからず終《じま》いだ。

「鉛筆があるなら、帳面も持っていたはずです。学生が使う洋紙帳面は貴重なので大家が拝借しているかもしれません。本も持っていたはずだし、くすねているかも」

二ツ町が舌打ちしながら、

「実家に送り返してるんじゃないのか」

「実家は新潟なので費用がかさみますよ。処分してくれって家族は頼んだと思います」

「しょうがない。そいつらの家はどこだ」

記録にあった浅沼絹と山田数作の住所を教えると、肩を怒らせて出て行く。

衣装部屋にかりそめの静寂が戻り、武蔵の腹の虫が鳴った。

洋卓の上に目を注ぐが、塩むすびもハヤシビーフも平らげていて、もう残っていない。

夢子は、教授のフォードで帰宅するときに、明日も差し入れを持ってくると言い張っていたのだが、明日になれば重沼の命じた刑事が張り込んでいると思って武蔵が断ったのだった。

(腹の心配より、早く指紋を見つけなければな)

置き時計の針が四時をまわったころ、ふたたび足音が廊下に響いた。劇場の警備夫が通したなら宇佐野か田淵に違いない。

「えらい目に遭いました。今戻りました」

息を弾ませながら田淵が駆け足で入って来た。箱を抱えている。田淵には板橋署を任せていた。

「ちっ。板橋なんて貧乏籤《くじ》を引きましたよ。人力車で辻待ち自動車の営業場に行ったら夜はやってなくて、しかたなく中山道で民間のフォードを見つけて、手帳をちらつかせて強引に相乗りしたんですよ。帰りも同じ手で、と思ったら、これが、なかなか通らないんです。それで困って――」

「いいから、その箱を早く置け！」

溝口が面を険しくして叱った。

田淵はふてくされた表情で箱を置くと椅子にもたれ込み、茶碗をつかんで誰の飲み残しかもわからない出涸らしをぐびっと美味そうに飲む。

「今度はどうかな」

武蔵も手袋をはめて箱の中身をすべてつかみ出した。小津や溝口と一緒に、一つ一つ紙包装を開く。

「……帽子か。だめですね」

三郎の鳥打帽が出てきた。横では溝口が別の包みを開けてぎょっとしている。

「毛髪だ……。加害者の毛か？　それとも犠牲者のか？」

「帽子に付着してたんですよ。当時の捜査責任者が犠牲者の髪だって決めつけたんです」

捜査を指揮した桐生は、長さだけで犠牲者の髪だと断定していた。乱暴な話だ。

「毛だけ包むなんて、呪いじゃあるまいし、驚かせやがる」

やはり迷信深い。

「うわ、これ見ろよ。マッチ棒だぜ。犯行とどうつながるんだ？」

にやにやしながら小津も見せてきた。焦りと裏腹に、開けてびっくりを愉快がる空気になっている。

「帽子と一緒に橋詰三郎の吸い殻が落ちてたんです。吸い殻だけを置いたのでは不自然なので、マッチの燃えかすも添えたんでしょう」

はっとして武蔵は、卓の上を眺めた。

「肝心の吸い殻がありませんね。巻紙に指紋が残っているかもしれないのに――」

別の紙封筒をのぞき込んでいた小津が、「うっ」と面をしかめて鼻をひくつかせた。

「こっちにあったぞ。よくわからない気味悪い塊の中に突っ込まれてる。こりゃ何だ？」

封筒をひっくり返すと、緑褐色の茶葉の塊のような欠片《かけら》がばらばらと落ちた。一緒に、吸い殻と、もう一つ干からびた何かが、異臭を放ちながら転がる。

「古びた食い物じゃないですか？　うへえ。臭《くせ》え」

立ち上がって首を伸ばしていた田淵が鼻をつまんだ。

「噛み跡の証拠ですよ――」

武蔵は呆れ果てた。

三郎の前歯が欠けているので吸い口の噛み跡が特徴的だと桐生が話していた。

当人の歯形のついた食い残しを、歯形つながりということで、吸い殻と一緒に封をしたのだろう。緑褐色の欠片は、半ば死滅した黴《かび》の集団だ。

「お前の古巣の刑事は滅茶苦茶だなあ」

非常識を地で行く溝口まで、あんぐりと口を開けている。

小津は、五センチほどの吸い殻を鑷子《せっし》でつまみ上げた。巻紙にも黴が移って変色している。

「これじゃだめだ！　粘土を噛ませて歯形の写真を残すとか思いつかなかったのか」

「小津さん。明治四十三年だぜ」

溝口が苦笑いを浮かべている。

「今でも所轄署にはカメラ一つさえ置いてないんだ。唯一カメラを持ってる俺たちだって——憶えてるでしょう、西多摩で」

「ああ……あれな」

小津は舌打ちして形相を険しくする。

重沼が写真担当の井上を蹴ってどかしたので、小津と口論になった件だ。

「それにしても、食い物と一緒にするか。腐るとわかってるだろうに」

忌々しげに小津は黴だらけの吸い殻をもう一度見下ろす。

武蔵は、桐生の企みを読み取った。吸い口では三郎を断定できないと知っていて、わざと食いかけを混ぜたのではないか。

断定できたと結果を記し、検事や判事が実物を見るときには黴まみれでわからなくしておく。

(きっと、最初から黴の生えた食い物を混ぜたんだ)

吸い殻の写生画がなかった意味が今わかった。

「だめ元で、巻紙から採取してみよう。期待はせんでくれ」

小津は両手に鑷子をにぎって吸い殻の巻紙を剝がし始めた。

「田淵先輩、申し訳ないんですが、もう一度、板橋に行っていただけますか。俺はここから出られないので」

田淵は、咽《む》せて茶を吐きそうになりながら、

「行ってどうするんだ」

「橋詰三郎の実家で紙製の私物が残っていたら借りてきてください。犯人が触ったかもしれないので――。父親は冤罪作りに加担していますので、ほかの家族に頼んでください。あと、犠牲者の高津ミヨ子の家も訪ねて、紙の返却品を探してください」

田淵は目を剝いて何か言おうとしたが、武蔵の表情を見ると言葉を呑み込んで溜息を吐いた。置き時計に目を落とし、

「もうこんな時間か。早く住所を言え」

書き留めて、あたふたと駆けて行く。

時を刻む絡繰《からく》り仕掛けの音が武蔵の耳に突き刺さった。窓の外は白み始めている。

貴重な一夜がもう終わった――。

(紙の遺留品があるのかは当たってみなければわからないし、あっても指紋が残っているかどうか――ええい、クソぅ。本当に、もうこれ以外に打つ手はないのか？)

飴の入ったブリキ缶がまた頭の隅をかすめた。

指紋の可能性はさっき小津に確認し終えている。金属表面は無理なので、側面の貼紙に期待するほかない……。

（いや、待て、そうじゃない……逮捕された田島七乃介が気になることを供述していなかったか？）

頭の中で供述を一語一句、並べてみた。

——雪子チャンハ、佐久間惣次郎商店ノドロップ飴ヲ入レタ海苔ノ缶ヲ持ッテイマシタ。飴ガ溶ケテ缶ニクッツイテ出ナイト泣クノデ、俺ガ取ッテヤリマシタ。佐久間惣次郎商店ノドロップ飴ハ新発売デ、親ガ買ッテクレタノダト言ッテイマシタ。

背筋に稲妻が走った。

（あの供述はことさら詳細に記されていた。書いた奴は塚海だ。実際どおりに書くのは信憑性を持たせるための定石だ——となれば重沼から聞いた内容を正確に書き残した可能性が高い）

——俺ガ取ッテヤリマシタ。

その箇所がわんわんとこだました。

（重沼は、雪子の警戒心を解くために飴を取ってやったんだ。指に付着した飴垂れを缶の縁で拭った──。指紋捜査はやっていない時代だが指痕の大きさで雪子以外の大人であることはわかる。辻褄を合わせて七乃介の指痕だと見せかけるために、あの供述が必要だったんだ）

　缶の写生画を思い起こした。

（縁に飴垂れがあった。あそこに重沼の指痕が残っていたのか――）

「小津さん！」

　大声を出したので、小津がぎょっとした顔を向けた。

「すまん。指紋はだめだった。黴のせいで紙がぼろぼろでな、検出できる状態じゃない。今知らせるつもりだった」

「そっちはもういいです。証拠品にブリキ缶があるんです。溶けた飴が指にべっとりと付着していたとして、その指で缶に触ったら、指紋は缶に残りますか」

　小津は面食らった顔をした。

「それはつまり……見えない指紋を浮かび上がらせられるかという問いではなく、溶けていた飴が指紋をかたどって固まるか、ということだな。成分によるな。粘度が低すぎると流れて指紋が崩れる。高すぎれば固いので指紋の溝は刻まれない」

「その中間なら残るわけですね」

「試してみたことがないので断言できない」

「五年前の京橋署の事件で、犠牲者は飴の入った缶を持っていたんです。湿気で飴は溶けていて、記録の絵によれば缶の縁にすりつけた跡がありました。犯人の指痕が残っている可能性があります」

　横で聞いていた溝口が目を見張り、

「どんな飴だ。売っている奴か」

「佐久間惣次郎商店のドロップです」

「ああ、あれか。人気らしいな。蘭子が欲しいと言うので俺も一袋、買ってやったことがあるぜ。缶入りじゃなかったはずだが」

「蘭子って誰だ。あまり女付き合いを派手にやるなよ。そのうち高等警察か監察官に呼び出されるぞ」

　自ら墓穴を掘りかけた溝口は、小津に向かって目を白黒させたが、武蔵はそれどころではない。

「缶は京橋築地署が保管しています。宇佐野先輩がとっくに着いているはずなのに、なぜ戻らないんだろう」

　築地より遠い板橋に行った田淵が一度帰ったのに、宇佐野はまだだ。

「乗り物を調達できなくて走っているのか？」

溝口が大真面目な顔つきで言うので、武蔵は思わず、宇佐野が大きな身体を揺らして汗だくで走っている姿を頭に浮かべてしまった。

「そりゃ、あるまい。あいつは走れてもせいぜい二百メートルだ」

小津が堪えきれない様子で笑い声を上げる。

「署員と揉めているのかもしれません」

塚海の件で武蔵が一悶着を起こした署なのである。ほかの署のようなわけにはゆくまい。

じりじりとしながら待ち続けると、さらに三時間以上が経過して、空が十分に明るくなったころに、やっと宇佐野が戻った。箱を抱えているので、武蔵は思わず抱きつきそうになった。

「宇佐野先輩、ご苦労様です」

近寄ったが顔が腫れ上がっているので驚いた。

「お前、どうしたんだ、その顔」

溝口が指差すと、

「手荒な歓迎を受けたんですよ。騒動は聞いていたので、こっそり当直巡査を言いくるめようとしたんですがね。塚海警部のかかわった事件だと知れたとたんに袋叩きですよ。鼠と一緒に留置檻房で朝を迎えたわけで」

武蔵は愕然とした。

重沼が米倉部長の名を使って手を回したに違いない。事件にかかわる一切を開示しないように徹底したのだ。持ち出そうとする者がいれば本庁に引き渡せと命じたのか。

「申し訳ありません。こんなことになるなんて」

武蔵が懸命に頭を下げると、宇佐野は、にやっと笑った。

「出られたのはお前のおかげだよ」

「俺の？」

「朝一番で署長が出署してな、お前の同僚だとわかると出してくれた。こいつまで持たせてくれてな」

箱をどさりと洋卓に置く。

「湯沢警視が……なぜだ」

最後に見た湯沢の鬼面《きめん》のような表情が脳裏をよぎった。

あの顔のあとで本庁に赴き、処分を言い渡されてさらに怒りが増したはずなのに、どういう風の吹き回しだ。

「これをお前に見せろって預かったぜ」

宇佐野は折りたたんだ和紙をズボンの隠しからつかみ出して寄越した。

『東京府内、全署長に申し渡す。今後、いかなる事態が起ころうと、虎里武蔵に便宜を図れ。小生、警察官として最後の頼みである。必ず守り通せ。五十嵐泰介』

武蔵はうめき、不覚にも込み上げてきた涙を必死に堪えた。

（警察官として最後……そうか、辞職を強制されたのだな。それなのに、俺のために……俺なんかの……）

のぞき込んでいた溝口に肩を叩かれた。

「呆けている場合じゃないぞ。お前の待ち望んだものが目の前にあるんだぞ」

「そうでした。飴の缶はどれだろう」

「缶ならそれじゃないか」

宇佐野が箱をのぞき込んで、ひときわ大きな紙包みを指差した。

武蔵は急いで手袋をはめて、つかみ出す。紙を剥《は》ぐと、写生画のとおりの平べったい弁当箱のようなブリキ缶が現れた。

「やったな」

弾む声で溝口に小突かれたが、問題はここからだ。

慎重に蓋をはずして洋卓の上に置く。側面の貼紙に触れないように細心の注意を払った。まずは飴垂れだ。

本体を眼前に持ち上げた。縁にかすれたような乾いた跡がある。

「絵とはずいぶん違うな。月日が経ったせいか」

「あとは俺がやるから、もう触るな」

小津の目の前にそっと置いた。

「暗い。皆どいてくれ」

小津は拡大鏡を飴垂れの上にかざした。二十秒ほど、ずらしつつ凝視している。

急に缶を持ち上げて天井の照明の下に持っていった。首をひねり、今度は懐中電灯を鞄から出して照らしながらまた観察する。

「だめだ。指紋なんかない」

無情に宣言する小津の言葉が武蔵の胸をえぐった。

「最初からついていなかったか、保管中に溶けたか、だ。指紋どころか指の形も残っていない。乾いた飴の痕跡だけだ。五年もそのままのわけがないってことだな」

武蔵は諦めきれない。

「底にへばりついている飴はどうですか」

絵よりも容積が減っている気がするが、塊はまだある。

「もう見た。とっくにな」

すげなく結論を言われた。

「ついでに言うと、内も外も下側も蓋も、表面は全部見た。指紋も指痕もない。可能性が残っているのはこの小さな貼紙だけだ」

缶の側面を指差す。

「剝がせないのが難点だ。糊《のり》付けした成分が邪魔をするかもしれん」

「やってください」

「むろんそのつもりだ。集中させてくれ」

小津は鞄から薬品と器具を出した。

「ヨウ素法か」

溝口が唸る。

蒸発するヨウ素を紙に吹きつけると皮脂にヨウ素が結合して紫色に浮かび上がるの

だ。缶に紙を接着した成分がヨウ素にどう影響するのか、武蔵にはわからない。

小津が灯油ランプに火を点《つ》けてヨウ素の蒸気を作るあいだ、武蔵は貼紙を見つめた。

(印刷文字があったはずだが、色落ちしてほとんど見えないな)

劣化が激しい。

(五年だものな。事件後に触れた連中もいるかもしれないし、そっちも問題だ)

指紋は完全な形で付着するわけではなく、片鱗《へんりん》指紋と呼ばれる欠片として部分的につくのだ。個人の識別に必要な片鱗指紋の種類と数は決められていて、上から他人の指紋がつくと判別が難しくなる。

(今から諦めちゃだめだ。祈ろう)

小津が缶を持ち上げて蒸気を吹きつけ始めた。

梅本ハナちゃん。

久保雪子ちゃん。

浅沼絹ちゃん。

高津ミヨ子ちゃん。

戸塚すみれちゃん。

持村和代ちゃん。

顔のわかる子はその顔を、見ていない子の顔も念じて頭に描いた。

また俺に力を貸してくれ。この貼紙から指紋が採れたら君らをひどい目に遭わせた奴を捕まえられるんだ。頼む――。

「だめだ。指紋は出ない」

死刑宣告を思わせる小津の声が耳に届いた。

一瞬、小津の顔を見つめ、駆け寄って腕にすがった。

「もっと試してください。始めたばかりじゃないですか。いつもの小津さんらしくない。諦めないでやりましょう！　剝がさないと無理なのなら、何とかして剝がしましょう」

「そうじゃないんだ」

小津は悲しげな顔をした。

「誰かがアルコールか洗剤で貼紙を拭いている。印刷がかすんでいるのはそのためだろう。重沼どころか、犠牲者の子供の指紋も、誰のもいっさい出ない。俺たちは先を越されたんだ」

武蔵は衝撃を受けて小津を見つめ返した。

頭の中に重沼の顔が膨れ上がる。

——おめえなんぞに捕まるものか。間抜け！

歯を剝き出して笑っている。

(塚海に命じたのか……)

虚無が身体中に広がって、武蔵は椅子にへたり込んだ。

「……自分の署だから資料室に入れるし何にでも触れる……拭き取ったのは今日か？　昨日か？　ほんの少しの時間の差で負けた……」

そのとき、廊下の外で慌ただしく足音が響いた。

二ツ町が血相を変えて躍り込んできた。手ぶらなので、成果はなかったのか。

「逃げろ。ここは危険だぞ」

溝口が虚を衝かれた顔を向ける。

「何があった」

「制服巡査が表に大勢集まってるんです！　目的は俺たちしかない」

武蔵は弾かれたように立ち上がった。

登庁した重沼が、武蔵の逃亡を知ったのだ。行動が早い。箱を抱えて田淵や宇佐野たちが出入りする姿が本庁関係者に目撃されていたのだろうか。

「お前はどこから入った？」

「裏口です。奴らの目をかいくぐって潜り込みました」

「班長、早く出ましょう」

宇佐野があたふたと廊下を指差す。

溝口は、小津に顔を向けた。

「小津さん、巻き込んで悪かった。捕まったときは俺たちの仲間じゃないと言ってください。目的を知らずに協力させられたことにするんだ」

小津は笑い飛ばした。

「見くびるな。来たときから覚悟している。一蓮托生《いちれんたくしょう》だ」

武蔵は部屋の中央で仁王立ちになって声を張り上げた。

「俺は、まだ諦めません！」

全員が、ぎょっとした表情で、武蔵を見つめる。

「お前一人で指紋を調べ続けるつもりか！　大概にしろ」

怒鳴り散らす溝口の前に、武蔵は立ちはだかった。

「犠牲者の子たちを思い浮かべたときに気づいたんです。記録があるからこそ、会っていない子の顔も思い描ける。記録は偉大なんです。今こそ科学捜査の底力を見せるときです」

「だから、指紋はもう無理だと言ってるんだ」

「俺が正面玄関に巡査たちを引きつけますので、その隙に班長たちは逃げてください。やってほしいことがあります。強力な証拠が残されているかもしれない」

「言っている意味がわからない」

「耳を貸して」

溝口が顔を寄せたので皆も集まる。

武蔵の話を聞くうちに、皆はのけぞった。

五

「虎里。やっと会えたな。一日見ねえ間に傷が増えたじゃねえか」

七月四日、金曜日、午前十時の本庁取調室である。

武蔵は劇場の正面扉に姿を現わし、数百メートルを走って逃げたあとで取り押さえられたのだった。

巡査たちに殴られたせいで顔は腫れ上がっている。悪人と思い込めば無抵抗の者にも暴力を振るうのは日本警察の悪癖だ。

嘲笑う重沼の真向かいに座らせられている。

「残りの奴らは、まだ捕まらねえのか」

振り返って見上げている相手は、福富班の班長である福富兆二《ちょうじ》警部補だ。

上官に忠実なので重沼の覚えがよい。武蔵たちの捜索の指揮を任されていたようだ。

「申し訳ありません。今日じゅうには全員に縄をかけます」

重沼はジロリと福富を睨み、

「おめえの班だけじゃ心許ねえなあ。全班を一時的に呼び戻して捜索に充てるか。こっちのほうがよほど大事だからな」

犯罪者たちが手を打って喜ぶ姿が目に浮かぶようだ。この一日で逃げ果せる者が増える。

「留置檻房では偽計業務妨害罪と聞いたが、大逆罪でも上乗せしたのか」

武蔵が皮肉を込めて訊ねると、

「おめえがそんな上ダマのわけあるか。身内から出た臭え膿《うみ》を、ちいとでも早く搾り取ってきれいにしてえだけさ」

馬鹿馬鹿しいと思って、武蔵は福富のほうを見上げる。

「福富さん。あなたは俺の罪状をこの男からどう聞かされているのですか」

福富の目が大きく泳いだ。

（何も知らされないままに従っているのか）

福富が答えるより早く、重沼が声を張り上げる。

「福富ぃ、おめえには教えてなくて悪かった！」

大声は部屋にいる福富の部下たちにも聞かせるためだろう。

「こいつはな」

と武蔵を指差し、

「知ってるだろうが、西多摩で犯人を死なせちまったんだ」

「噂には聞いています」

福富がすぐに答える。

「うん。小ずるい奴なので、失敗をなかったことにしようと企んだんだな。署長連中を焚き付けて真犯人をでっち上げようとしたらしい」

武蔵は呆れながら聞いた。

（上層部にも、そんなふうに説明したのか）

喉までせり上がった怒りの文句を堪えて重沼の面を見すえる。

「可哀想なのは署長たちさ。明治気分の抜けねえ御仁が多いので、まんまと乗せられちまった。大騒ぎして過去の事件をひっくり返して証拠集めに奔走したんだが、出るわけがねえ。こいつの作り話だからな。一時は監察官がこいつの身柄を拘束したんだが、昨夜逃亡したってわけさ。――そうだ、こいつの警察手帳はもう没収したんだろうな」

「ここに」

福富は武蔵の手帳をつかみ出して、ひらひらさせる。

「まずは一安心だな」

重沼の顔がほころんだ。

「溝口班長はどう処分なさるおつもりですか」

「捕らえたあとの話か？　部下の不祥事は上官の責任だし、奴までこいつの嘘を信じ込んだんだ。厳罰しかあるまい」

福富は強く眉をひそめる。

「大丈夫ですか。溝口班長のお父上がどう思うか」

福富が心配しているのは重沼の身ではなく、協力している自分の身だろう。内務省警務課長の権力を怖れている。

「溝口辰一郎か。でえじょうぶだ。今日は辰一郎が視察に来る日だろ。総監たちの面前で恥をかかせてやらあ。急いで倅の班長を捕まえろって口を酸っぱくしてるのは、今日の絶好機を逃さねえためなんだよ。親父が倅をかばうか、潔く失態を償わせるか、見物《みもの》だぜ」

福富は顔から血の気を引かせている。

「何て顔してる？　こっちには切り札があるんだぞ。官房主事の鳥貝《とりがい》さんに、お出ましを願った」

福富は目を見開いた。

「部長に内緒で鳥貝さんにご説明したらな、こいつをとっちめる場に同席を約束してくださった。辰一郎と面を突き合わせれば、修羅場《しゅらば》が見られるってわけよ」

本庁には、トップである警視総監の下に、官房主事と警務部長という二つの要職が置かれているのである。

官房主事である鳥貝又次郎《またじろう》三等官は、警務部長である米倉三等官と宿敵同士だ。ともに次期総監か内務省警保局長の座を狙っていると噂されている。

いっぽう、内務省にも出世争いはあり、保安課長と警務課長は敵対する仲だ。

保安課長は、高等警察の元締めであり、鳥貝のかつての上役だ。他方、警務課長は、言わずと知れた溝口辰一郎であり、米倉の友人なのだ。

つまり、内務省では保安課長と溝口辰一郎が、本庁ではその代理戦争として鳥貝と米倉が、抗争を繰り広げている構図である。

溝口班の不祥事を追及する場に鳥貝を同席させれば、辰一郎もろとも木《こ》っ端《ぱ》微塵《みじん》にするに違いないと重沼は睨んだわけだ。

「こいつはもう人生の店仕舞いさ。何年かムショに入ってもらおう。更生できるかはこいつの努力次第だ」

武蔵は、息を吸い込んだ。

取り調べが始まれば、ふたたび武蔵の身は危険にさらされる。勾留中に自殺を偽装して首を吊らせる――そこいらへんが、重沼の考える決着点だろう。

(班長たち。うまくやれたかな。蓋を開けてみないと結果はわからないな……)

福富班の別の刑事が部屋に報せを届けた。

「準備が整ったとのことです。皆様、すでにお待ちです」

重沼が喜色《きしょく》満面になった。

「虎里ぉ。いよいよだな」

武蔵は覚悟を決めて立ち上がり、腰縄を引かれて歩き始める。

六

庁舎三階の大会議室に、上層部の高等官三人が顔を揃えていた。

黒板を背にした長机の中央に、警視総監の昭島幾三郎《あきしまいくさぶろう》一等官が座している。その右隣に鳥貝主事、左隣に米倉警務部長兼刑事課長である。

「おめえは、あそこだ」

下座の机がどかされて、法廷でいえば証言の場のような空間が作られていた。

武蔵はそこに立ち、上座に向かい合わされた。両脇に、重沼と、綱の端をにぎった福富が立つ。

昭島総監が目を見開いて口火を切った。

「前置きを省こう。別室に内務省の客人を待たせてある。貴様の自白を聞いたあとで、客人に告げる。御子息がかかわっているので納得してもらわねばならない」

辰一郎が息子をかばえないように、事実を突きつけようとの肚《はら》か。

「虎里君、君には失望したよ」

堪らなくなったらしく、米倉部長が愚痴を挟んだ。大柄な身体を揺らしている。苛々したときに現れる癖だ。

武蔵を引き抜いてくれたものの、初登庁時に話をした以外は、あまり口をきいてもらえていない。重沼が武蔵の悪評価を米倉の耳に入れているためだと、小津が教えてくれた。

米倉は風評に流されやすい性格だ。だから、ピストル強盗逮捕で褒めそやされた武蔵を引き抜いてくれた、とも言えるのだが。

「最初から順に話してよいでしょうか」

すべてをじっくりと説明したかったのだが、

「要点だけ言え。総監閣下は暇ではない」

鳥貝主事が鋭い口調で制限を加えた。

どんなに暑い日でも上着を脱いだ姿を見せないので、人ではないと陰口を叩かれるほど変人を絵に描いた男である。今も仕立てのよい背広で痩身を包み、丸眼鏡を光らせている。

この男が統括する高等課と特別高等課については、良い噂をまったく聞かない。真実か否かは知らないが、取り調べと称して思想犯や政治犯を再起不能になるまで痛めつけたことがあるとささやかれている。肝の据わった警察官でさえ、高等警察にだけは睨まれたくないと声をひそめるのだ。

武蔵は息を吸い込んで、一気に喋った。

「俺は署長たちに嘘を吹き込んでいませんし、偽の真犯人を作ろうとしたこともありません。女児連続殺人の真犯人は実在していて、今も近くで笑っています。俺はそいつが誰であるかを知っています。そのために俺は囚われて、口封じのために断罪されようとしているのです」

昭島は針を呑まされたように顔じゅうをゆがめて、武蔵を睨みつけた。武蔵は平然とつけ加える。

「要点だけ、述べたまでです。不明な点があれば質問をどうぞ」

ふっと鳥貝が笑い声を漏らした。

昭島が机に両拳を突き、

「真犯人がいるというなら言ってみろっ。どこにいる」

武蔵はこれには返答しなかった。重沼の視線を痛いほどに頬に感じる。

今ここで、「俺の隣に立っています」とでも言えば、万事休すだ。相手ははなから信じていないので、問答無用で打ち切られる恐れがある。

「よろしいでしょうか、閣下」

武蔵は、はっとした。鳥貝が昭島に伺いを立てている。

「このさいです。もう少し詳しくこの男の弁明を聞いてみたいのですが」

どういうことだと武蔵は鳥貝の眼鏡の奥の瞳を凝視した。

喋らせまいとするなら予期していたことだが、弁明させたいとは想定と違う。重沼も、隣で鼻息を漏らしている。

昭島は忌々しげに息を吐くと、

「仕方ない。喋ってみろ。このままでは溝口さんに説明できないからな」

武蔵はすぐさま口を開いた。

「俺は真犯人が手を下した事件に西多摩郡で遭遇しました。真犯人は、犠牲者の父親の指紋がついた円匙を現場に残し、濡れ衣《ぎぬ》を着せようとしていました――」

すでに、矢吹にも、署長たちにも、鬼藤や溝口たちにも、幾度も幾度も繰り返した話を説き聞かせた。

淀みなく喋れるし、反応を見ながら講談調で引きつけるまでに熟練している。上座の三人は期せずして釣り込まれたらしく、身を乗り出す。

喋るうちに武蔵は、三人の瞳の色の変化に気づいた。聞いた者の多くがそうだったように、真の警察官ならば、この話を聞き流せはしない。

官僚であっても警察畑に長く身を置けば特異で頑固な人格が形成される。正義を神のごとくに奉ずる人格である。

民衆の訴える声や悪人の企みが気になって頭から離れない。

胃が痛くなり、眠れなくなる。

正義を守っているのだとの自負がなければ耐えられない。

そういう職業の者が、犠牲者の悲憤が充満したこの話を無視できるはずがない――。


(横に立っているこいつには、わかるまいがな)

重沼は苛々と踵《かかと》で床を踏み鳴らしていた。真犯人の正体に踏み込んでよいものか、武蔵が迷っていると、

「風変わりな話だねえ。謎に満ちている。私は好きだよ。そういう話は」

鳥貝がこう言い始めたので重沼は声を荒らげた。

「欺されちゃいけませんぜ、鳥貝閣下！　こいつの口八丁に、溝口の倅も丸め込まれた！」

重沼には大きな誤算だったろう。武蔵には今わかったが、鳥貝は教授と同じ類いの

人種だ。

出世争いをしているようで実は出世になど興味がない。人付き合いも世渡りも二の次だ。命より大事にしているのは人生を懸けた仕事ではないのか。

教授の場合は学問で、鳥貝は犯罪者狩りだろう。重沼の頼みを快諾したのも、事件の蔭に漂う臭気をきっと鋭敏に嗅ぎ取ったためだ。

教授が学問のためなら前後の見境なく突っ走るように、鳥貝もまた己の正義のためなら嫌疑者の拷問《ごうもん》も辞さない狂気の持ち主かもしれない。

鳥貝は、重沼のほうは見ずに、武蔵に語りかけた。

「君の話は一本筋が通っている。今のところ証明できないが、矛盾点は見当たらない。そう、私が読まされたこの報告書のように完璧な物語だ――」

三人の机上には、ガリ版刷りで複写された報告書がある。提出者は重沼だろう。

「同じ出来事を説明しているのに、この報告書と君の話はどうしてこんなに違うのだ？　君が嘘つきなのか、それともこれを出した者が嘘つきなのか」

鳥貝の視線が武蔵からその隣の重沼に向かって動いたので、昭島と米倉もつられて重沼を見つめた。

「やってられねえっ。こちとら、身を粉にして膿を出そうとしてるってのに――そんなことを言われちゃあ、辞表を出すしかありませんぜ！」

重沼が感極まった声で叫んだ。

演技だと武蔵にはわかっている。この男が心底狼狽したのは、ただ一度、留置檻房で武蔵の身柄を監察官にさらわれたときだけだ。

「重沼君。君に去られちゃあ、刑事課はやっていけないよ。思いとどまってくれないか」

米倉の言葉に重沼がにやりとする。そのときだ――。

扉が幾度か、大きく廊下側から叩かれた。

上座の三人が顔を見合わせていると、さらにけたたましく連打された。

「見て来い」

重沼に命じられて福富が扉に向かうと、それを待たずに勢いよく開いたので、福富は突き飛ばされた。

溝口班の四人と小津が、徒党を組んで踏み入る。

「捕まえろ。人を呼んで来い」

叫ぶ重沼に、

「その必要はない！」

五人の後ろから顔も背格好も溝口班長によく似た初老の男が声を張り上げた。

「警務課長！」

「溝口！」

昭島と米倉が狼狽した顔で立ち上がる。

「困りますなあ。待っていてもらわなければ」

辰一郎の背後には、鬼藤、有吉、田中の監察官たちもいる。総監がいる手前、部屋に踏み入ることは避けている様子だ。

武蔵と目が会うと、鬼藤は、ぐいっと顎を突き出した。

(大丈夫だから、やれ、の合図か)

辰一郎は、全員を追い越して前に進み出た。

「待ってなどいられるものかっ。倅が不当な扱いをされておるのに文句を言わずして親が務まるか！」

公私混同で怒鳴っている。

(傍若無人は親譲りか)

妙なところで納得した。

「監察官から聞いたぞ。そこの捜査係長、お前が犯人だそうじゃないか」

辰一郎が重沼の胸に指を突き立てたので、初耳の昭島たちは仰天した顔になった。目を裂けるほどに大きくして、重沼を見つめている。

「お偉いさんでも、聞き捨てならねえっ」

重沼が真っ赤な顔で床を踏み鳴らした。

「こうなりゃ、こっちが正しいってことを、とことん教えてやらあ！」

溝口班長が父親を押しのけて重沼の眼前に出る。

「俺たちはな、武蔵と一緒にお前の指紋が確認できる証拠品を捜し当てたんだぜ――これだ！」

にぎっているブリキ缶を高々とかざす。

ぐるりと腕を回して上座の三人にも見せ、

「武蔵、言ってやれ」

顎をしゃくった。

「俺が注目したのは、冤罪になった男の供述調書に、犯人でしか知り得ない内容が書かれてあったことです。犠牲者の持っていたあの缶から飴を取り出したとあった。湿気で溶けた飴のくっついた指で、缶のあちこちに触れたんです。そのときに指紋が残った――」

重沼が甲高く笑った。

「どこにもついてねえのじゃねえか。確かめずともわかるぜ。飴ってのはなあ、糖分がほとんどで、あとは果汁だ。溶けるもんなんだよ。最初から証拠なんぞになりようのねえもんなんだ」

溝口が扉を振り向いて、

「おい」

と呼びかけた。現れた男を見て重沼は怪訝な顔になる。

鑑識係の写真担当、井上だ。現場ではいつも重沼に邪険にされている。

「おめえ、何しに来た？」

溝口が、

「例のものを出せ」

井上は大きな紙封筒から四切の現像写真をつかみ出した。

「虎里、お前の読みどおりだ。写ってるぞ」

井上の言葉を聞いて、重沼の顔から表情がそげ落ちた。

武蔵は写真を受け取り、息を呑みながら確認した。ブリキ缶と一緒に上座に持参する。腰縄をつかんでいるはずの福富は突き飛ばされたときに手を離して尻餅《しりもち》をついたままだ。

「缶には殺害直後に犯人の指紋が残っていましたが、今は消えています。この写真は、指紋が消える前に缶を撮影したものです」

まず昭島の眼前に写真と缶を並べた。小津を振り返り、

「拡大鏡をお願いします」

差し出された拡大鏡を昭島に手渡す。

「写真の缶の側面をご覧ください。拡大鏡を貼紙の位置にかざしていただければと――」

昭島は拡大鏡の上から貼紙をのぞき込んだ。

「光の隆線模様が見えているが……指紋というと、同じ隆線でも黒か白が普通だが？」

「黒模様は、指に墨をつけて白紙に押しつけると採れる指紋です。白模様は、ガラスや陶器に付着した皮脂に白い粉をまぶしてのち黒紙に押しつけて採れる指紋。この写真の指紋はいずれとも違います。溶けた飴が指紋の起伏をかたどって一時的に固まったんです。おうとつが光で浮き上がっているので陰影模様になっているんです」

ガラス乾板式だからこそ撮影できた像なのであった。

江戸時代の湿板式撮影や最近発明されたフィルム式撮影ではここまでは見えない。それらとは比べものにならないほど、ガラス乾板式は解像度が高いのである。人の顔を写せば目尻の皺まで写るし、部屋を写せば障子にとまった蚊も写る。肉眼で識別しづらい微小なものさえ再現できる。葡萄味の青紫色なら臭化銀の感応力を最大限に引き出せる。

「京橋署が遺体を運び去ったので本庁は捜査に参加できなかったんです。でも井上さんはきっちり自分の仕事をやった。遺留品の写真を残したんです。指紋捜査が始まる前の時代なので、誰もこの模様の重要さに気づけなかったんです」

「俺も当時は意味がないと思っていたよ。そうでなくとも写真は証拠扱いしてくれないのでな――自宅で保管したまま忘れていた」

井上が笑顔で肩をすくめた。

小津が手袋をした手で書類を差し出す。

「こっちの紙には重沼の指紋が浮き出ています。見比べていただければ一目瞭然です」

写真と並ぶ位置で昭島の目の前に置いた。

重沼の決裁書類である。紙のあちこちにヨウ素の紫色で指紋が浮き上がっている。

「同じ指紋だ――」

昭島が声を絞り出した。

「我々にも見せてください」

鳥貝と米倉が両側から身を乗り出し、写真と書類の指紋を見比べた。

小津はすました顔で、

「一応言っとくと、専門鑑定は俺がもうやりました。片鱗指紋の一致に必要な箇所はそろっています。同一人物の指紋と断定します。司法省に持ち込んで再鑑定してもらってもいい」

米倉は身を震わせてから、重沼に指を突き付けた。

「お前、殺ったな！」

「これで倅たちの正しさが証明されましたな」

辰一郎は溜飲を下げたように頰を和らげた。

「こいつらが仕組んだんだ！」

重沼が突然叫び始めた。

「写真に偽装しただろう。指紋を加えたに決まってる」

抜け落ちていた顔に表情が戻っている。

小津が形相を変えて重沼の胸倉をつかんだ。

「写真はな、絵と違ってあとから加えたりできないんだよ。いつも言ってるが、お前、もっと勉強しろ」

溝口が二ツ町たち三人を振り返る。

「身柄確保だ」

「待ってました」

三人がかりで歩み寄ったが、猛烈な抵抗に遭った。重沼は筋肉質な男だし、刑事畑に長年いて犯罪者たちと争った経験は伊達《だて》ではない。

「福富、手伝ってやれよ」

自分は身を引いている溝口があわてた顔で促すが、福富は目を見開いて腰砕けのまま動けない。

武蔵はつかつかと重沼の前に歩いて行った。

胸に犠牲者たちの笑顔がある。

羽交い締めにした宇佐野たちと目配せしてのち、石のように固くにぎった拳を重沼の顎に突き入れた。

重沼の身体が床に沈んだ。殴った手が猛烈に痛いが、犠牲者たちの痛みを思えば何でもない。

「そら」

と溝口が叫ぶと、ようやく福富も交じって重沼の身体に縄をかけた。

七

それからの二日間、溝口班は重沼の取り調べに終始した。

始業と同時に留置檻房から引っ張ってきて、取調室の椅子に座らせて睨み合う。一言も口を開かせられないまま、夜にふたたび檻房に戻す。

業を煮やした米倉部長が、三日目には別班に交代させた。とたんに重沼は饒舌になり、武蔵たちに陥れられたのだと虚偽証言を繰り返した。頑なさと糞真面目な表情を見て、刑事の中に信じかける者が出る始末だ。

いっぽう、府外で動きもあった。溝口辰一郎が佐賀県警と福岡県警を動かしてくれたのだ。渡航船の出入りする港を見張らせ、偽名で門司《もじ》港に現れて乗船しようとした塚海を逮捕した。

翌々日には警視庁本庁に身柄が届けられたが、塚海は完全黙秘である。

自白さえしなければ凌《しの》げると二人は踏んでいる。缶についた指紋だけでは、久保雪子に接触したことは証明できても、殺害までは立証できないことを、刑事であったからこそわかっているのだ。

このままでは予審にすら持ち込めないと検察が判断した。普段は警察任せにしていて形だけの第一次捜査機関なのに、ここに来て検察としての指揮権を振りかざし始めた。物証の乏しさに尻込みしている。

武蔵たちはまたしても追い詰められたのだ。

七月十四日――、溝口班は、重沼が一人住まいをしていた京橋区の一軒家に出向いた。

江戸の昔に造られた古い家が、梅雨明けの強い日差しにさらされて陽炎《かげろう》のように建っている。

維新を過ぎたころまでは名家だったらしいが、投資に失敗して急速に落ちぶれた。

先代家長もその妻も死亡し、長男だった重沼が嫁を娶らずに一人で暮らしてきた。兄弟や親類は支那や朝鮮に移住して交流がないらしい。使用人はいっさい置いていない。

「物証、出ますかねえ……班長？」

二ツ町が眉を険しく寄せて、黒ずんだ土壁の平屋を睨みつけた。

隣で宇佐野も、

「福富班が散々調べたあとなんですぜ。三日がかりで怪しい瓶詰めの肉片をやっと見つけたら、イモリの干し物だって小津さんに怒鳴られた話を聞きましたよ。笑えない」

ぶつぶつと言い募っている。

「それは俺も聞いた……もう何もないと思うがなぁ」

田淵も溜息交じりだ。

最初、家の捜索は福富班と鑑識係に任せられたのだ。

福富班長のたっての頼みであった。これまで重沼の右腕と言われてきたので、殺人の嫌疑者に転じた今は、印象を払拭しなければと必死の様子だった。

彼らが総出で三日をかけて見つけられなかったものを探し当てねばならない。

「始める前から終わった顔をしないでくださいよ」

珍しく武蔵は強い口調で三人を叱った。

「この家で物証が出なければ今度こそ俺たちの負けなんです。ここまで来て負けるのは嫌だ。犠牲者たちもそう思っています」

気圧された顔で三人はうなずいた。

「そうだな」

「武蔵の言うとおりだ」

「もうひと踏ん張りですかね」

溝口が鋭く号令した。

「さあ、始めるぞ」

武蔵たちは家に踏み入った。


「出ない、出ない！」

「出ないぞっ」

「これ以上どう探せばいいんだ？」

十時間後である。武蔵と溝口以外の三人は喘ぎながら、畳を剝がした板の上に座り込んだ。

福富班が試したことも、試していないことも、すべてやり直した。畳は剝がしただけでなく、ほぐして、藺草《いぐさ》に埋め込まれていないかも調べた。

床下も土をまんべんなく掘り返した。屋根裏もすみずみまで這《は》い、壁のあちこちも突き崩してみた。

　全員が頭の天辺から足先まで泥と汗まみれだ。早朝に始めたのにもう夕暮れだ。

「おい武蔵」

　と溝口が厳しい声で問い詰めた。

「お前が八丈教授に聞いた説だと、変態連続殺人鬼は戦利品を集めるんだったよな」

「そうです。犠牲者から奪い取ったものを収集するんだそうです。装飾品のときもありますが、切り取った髪だったり——俺が読んだ本では身体の一部でした」

「そう言われたので、この家に何かあるはずだと刑事課の全員が思ったわけだ。でも、出ない。どういうことだ」

　苛立って見えるのは服が泥まみれになったせいではない。今日は自慢の服と靴でなく、庭いじりをするような軽装で来ている。

　怒っている理由は、親父さんに言い訳できないことだろう。重沼を逮捕した日は、辰一郎の前で少年のように胸を張っていたのだ。ここに来て予審に送れなかったでは、無能を辰一郎に知らせるようなものだ。

　二ツ町がしかめ面で武蔵を振り仰ぐ。

「別に隠れ家があって、そこに置いてるんじゃないのか。だって、自宅にあったら誰かに見られたときに犯人だと言ってるようなものじゃないか」

武蔵は首を横に振る。

「目の届かない場所に置くほうが危険だし、不安になると思います。それに、集めるだけが目的じゃないんです。殺人鬼たちは収集品を眺めて楽しむんです。遠くで保管しては意味がありません」

宇佐野が汗でびっしょりと濡れたシャツを脱いで両手で絞りながら、

「楽しむっていっても、俺たちが独楽《こま》やメンコを集めて喜ぶようなわけじゃないんだろうな……」

「殺しを追体験するんだそうです」

武蔵は教授の受け売りを披露した。

「眺めることで記憶を呼び覚まし、興奮をもう一度味わうんです。追体験が次の犯行を遅らせるのに役立つ場合もあれば、逆に早める場合もあります」

田淵がぞっとした表情で、

「何度も頭の中で殺すわけか……そうやって殺人衝動をまぎらわせているんだな」

つぶやくその顔を、武蔵は胸を突かれた気がして見つめ返した。

殺人衝動をまぎらわす——そのとおりだが、収集品がこの家から見つからない状況と殺人衝動は、どう関係しているのだろう。

溝口に顔を移して訊ねる。

「班長、府内で六歳女児の行方不明って、どのくらいの頻度《ひんど》で起こってるんでしょう？」

「何だ、いきなり話を変えやがって」

溝口は、むすっとした顔で、

「お前ら知ってるか」

二ツ町が唸りながら答えをひねり出す。

「児童全体でなら、かなりの数に上るだろうが、女子で六歳限定ならぐっと減るだろうな。毎月は発生していないと思うぜ」

宇佐野が絞ったシャツで今度は上半身を拭いながら、

「重沼に攫われた子供のことを考えてるんだな。なら、二ツ町さんが言ったように、きっと少ない。なにせ、顔にもこだわってるんだろう。そうそう似た顔の六歳女児がいるものか」

武蔵は息を吸い込んだ。

(どうして今まで気づかなかったのだ)

冷水を浴びせられた気分だ。冤罪ばかりに目が行って、失踪事件の実態は調べなかった。数が多すぎてすべてを調べ尽くせるわけがないと諦めていたためだ。

「何か思いついたのか」

溝口が、ぬっと顔を近づけた。

「俺は、冤罪を仕組めないときはすべて失踪事件に仕立てられていると考えていました」

「それがどうした。間違っていないと思うが」

「俺も正しいと今でも思っています。思い違いをしていたのは数です。よく似た六歳女児は大勢いるわけはないので、想像以上に少ないはずなんです」

二ツ町も立ち上がった。

「すると、どうなるんだ？　早く聞かせろ」

「犯行が少ないということは、現実の殺しで欲望を満足させる機会が乏しかったということなんですよ。ならば、戦利品を眺めるよりも、もっと刺激的な何かで欲望をまぎらわせていたに違いない」

宇佐野がぽかんとした顔で見上げる。

「でも、見つからないんだ。お前の言う、その、何かって、何だ？」

武蔵は皆に背を向けて、土間に下りた。右手に煮炊き用の竈が三つ、左手に庭へと出られる引き戸がある。

全員も武蔵のあとに続いて左右に集まった。

「皆さん。この家を調べた小津さんの報告書を読みましたよね。家じゅう、至るところに重沼の指紋があったが、特にたくさん指紋が重なっていた場所があった。憶えていますか」

皆がそろって土間の一箇所を見つめる。

「そうです。あの柱です」

土間の中央に柱が一本ある。家を支えるには細過ぎる柱だ。何の目的で据えつけられているのか。

武蔵は顔を近寄せて柱の表面に目を凝《こ》らした。

小津の報告書によれば、柱の下から九十㎝あたりのところに、指紋が判別不能なほどに重なってついていた。皮脂がしつこく染み込んでいたのである。たしかに、その箇所だけ、磨かれたように光っている。

武蔵は指紋が重なっていた場所に指を這わせた。

立っていてはうまくできない。跪《ひざまず》くとちょうどよい。指紋があった位置は、六歳児の首がある高さだ。

「この柱を犠牲者に見立てて、追体験をしていたんです。皮脂が丸木に染みつくほど執拗《しつよう》に指を重ねたんでしょう。想像の中で幾度も殺した。だから戦利品は必要なかったんです」

武蔵は頭に描いた。

暗い土間にしゃがんでいる重沼。過去に殺害した児童の顔と姿を柱に重ね合わせて、恍惚《こうこつ》の表情で指を押し当てている——。

指紋があった位置だけ、柱が微妙にへこんで細くなっていた。土間も、重沼が膝を突いたと思われるあたりは磨り減って低くなっている。

何千回、いや、何万回、この柱に指を食い込ませたのか。

仮想体験で殺した子は幾万人か？

振り返ると、皆そろって毒気を抜かれた顔をしていた。

溝口が大きく息を吐き、

「だがな、この柱では証拠に結びつかないぞ。奴を追い込めない。俺たちの負けか？」

武蔵は強い声で宣言する。

「大丈夫です。追い込むことができます」

「拘束着を貸してほしいだって？　なぜうちの部署がそんなものを所有していると思うのだね」

鳥貝は、官房主事室の事務机の向こうで、眼鏡の奥の目を光らせながら、武蔵に問い返した。

「噂を耳にしただけです。高等警察が嫌疑者に拘束着を着せて監禁しているなんて指摘するつもりはありませんので誤解なきように」

鳥貝は穴の空くほど武蔵の顔を眺めた。

武蔵が瞬きせずに見返すと、

「何に使うのだ」

目を細めて睨む。

「重沼を自白させます」

「は？」

珍しく、鳥貝のすました表情が一瞬弾けて目を剝いた。

「拘束着でなく錐《きり》のほうがよくないかね。爪の隙間に押し込むと、あれは痛いぞ。大の男もヒイヒイ泣く。あと、植木挟みも役立つ」

嬉しそうに喋り始めたので、武蔵が唖然として見つめ返すと、鳥貝ははっとした表情で口をつぐんだ。しばらく武蔵と見つめ合う。

「冗談だ。本気にするな」

大袈裟に咳払いしている。

「部下に用意させる。洗濯して返せよ。私はきれい好きだ」

溝口班全員で留置檻房に出向くと、重沼を別の階の独房に移して拘束着を着せた。拘束着とは、袖が背中に縫いつけられているために、常に両手を背に回した状態でいなければならない代物だ。

仰向けに寝ると腕が痺《しび》れるし、長時間着用すると苦痛だ。暴れる者に一時的に着せるために普通は使う。

武蔵はその服を、あえて前後を逆にして重沼に着せた。

腕は腹の位置で交差させた状態だが、箸はつかめるし、つかんだ箸に顔を近づければ食事はできる。身を折ればズボンに指を引っかけて脱ぐことも可能だ。

「何でえ、こりゃあ。辛くも何ともねえぜ。小便もできるし、飯も食えらあ」

「そう配慮しているんだ」

武蔵は言い捨てて、通路のほうを振り向いた。同行を願った鬼藤監察官に問う。

「これなら違法勾留になりませんよね」

「違法とは言えない。もっとひどい状態でぶち込むこともあるわけだからな。おい、重沼、苦痛か」

重沼は嘲笑い、

「苦しいわけねえだろうが。子供扱いするなってんでい」

と、鬼藤に向かって吠える。

「よし。違法でないと認める」

武蔵は、鬼藤の隣に目をやった。本庁の衛生部から招いた衛生部長の蓮江《はすえ》勝吾郎《かつごろう》四等官と警察医の加登完治《かとうかんじ》医師が並んでいる。

「この状態で勾留することは非人道的ですか」

蓮江は鼻で笑った。

「別にどうということはない。虐待ではなかろう」

加登もうなずき、

「本人は快適そうだ。革手錠より自由度が高いし、問題なしと判断する」

武蔵は顔を戻して重沼に宣言した。

「明日から取り調べはしない。食事は運ばせるので、三日間、その状態でいろ」

重沼は目を見開いたあとで高笑いした。

「ついに諦めやがったか。ざまあ見ろってんだ。腹いせでこの服か？　おめえは子供だなあ」

「三日後に会おう」

手を振り、独房の錠を閉めた。

三日後、留置看守が、息せき切って、刑事部屋に駆け込んだ。

「来てください。重沼があなたを呼べと騒いでいます」

武蔵は、溝口たちと目を見交わす。

「任せる」

と溝口が茶を飲みながら言うので、武蔵は看守に命じた。

「今日は都合が悪いと言ってください。明後日なら行けます」

二日後になると看守がまた泣きそうな顔で駆けて来た。

「とにかく来てください。重沼が半狂乱で暴れています。手に負えません。自殺しそうな勢いです」

武蔵たちは重い腰を上げた。さらに待たせるつもりだったが、舌でも噛まれて供述に支障が出ては困る。

独房に行くと、重沼は顔じゅうを濡らして泣きじゃくっていた。

「頼む。こいつを脱がせてくれ。耐えられねえ。脱がせてくれたら何でもする」

拘束着にはあちこちに噛んだり引きちぎろうとした痕がある。その程度では脱げないように硬く分厚い麻布を貼り合わせて作られている。

「指を押しつけられないと辛いか。犠牲者の女の子たちも泣いたはずだぞ。天の罰だと思え。まだ幾日もこのままにしておいてやる」

「やめてくれぇ！」

重沼は地団駄を踏んだ。

「手を自由にしてくれ。指を前に向けられるようにしてくれ。それだけでいい」

拘束着から突き出た指は動くのだが、腕を交差しているので、壁や鉄格子を相手に絞めつける動きはできない。

武蔵は重沼を見すえた。

「泣いても喚いても脱がしてやらないぞ。お前言ったろう。飯も食えるし用も足せる。苦しくないと」

　重沼は両膝を突いて頭を下げた。

「頼む。儀式をやらなきゃ、狂っちまう！」

　仮想殺人がこいつにとっての儀式なのか。

「儀式で平静を保っていられたことに初めて気づいたか。これまでは見咎められずに存分にできたものな。もうそうはいかないぞ」

　武蔵が背を向けると、重沼は「行かないでくれ」と泣き叫ぶ。

「権利の侵害だ……不当な扱いだ……」

　武蔵は振り返って拳をにぎり締めた。

「忘れたのか。監察官も医師も違法勾留ではないと確認した。あんた自身、嫌疑者に食事を与えなかったり、法律を無視して逆さ吊りで勾留していたろう。その服なんてかわいいものだ」

　重沼はしくしくと涙をこぼした。

「……お願いだ……儀式をやらせてくれたら自白する……それが狙いだろう」

　武蔵は目を据えた。

「繰り返すが違法ではないので自白は採用されるぞ。公判前に弁護士はつけられない規則だが、接見だけでも許してやろうか」

　公判開始後に揉めないためには、そうしたほうがよい。

「呼ばなくていい！　先にこいつを脱がせてくれ」

　溝口を振り返ると、「まだやってやれ」というふうに顎をしゃくっていた。二ツ町も宇佐野も田淵も同じで、重沼に怒りの目を注いでいる。

　武蔵は重沼に顔を戻す。

「すべての事件を自白しないと、勾留期限いっぱいまでこのままだぞ。自白の裏が取れなければ、理由を作って勾留を延ばすぞ」

「わかった。従う！」

　重沼はすすり泣いた。

　溝口がようやく満足げに声をかけた。

「落ち着かせたあとで喋らせよう。あくまで自発的にだ。弁護士と検事と予審判事も立ち会わせたほうがよい。公判中にひるがえされないように、犯人しか知り得ない状況や物証を聞き出すんだ。俺たちは全力でその裏づけをやる」

　武蔵はうなずいた。

　重沼は石畳に突っ伏し、嗚咽《おえつ》を檻房にこだまさせる。

武蔵の両目に熱い涙が込み上げ、裸電球のオレンジ色が滲んでぼやけた。

（あと一人だ……。もう一人、気になる奴がいる）

終章　研究熱心な男

一

大正二年十一月九日――。

武蔵は決意を胸に秘めて、西多摩郡にある梅本咲次郎とハナの墓を訪れた。

痩せた枯れ木が剣山のように地中から突き出ている荒れ野だ。頭上を、寒風とともに烏《からす》の黒い群が西の方角に横切ってゆく。

埋めたときに使った円匙が、盛り土の上に深く突き立てられており、それが墓標代わりだった。二人並んで土の中で骨になっていよう。

今日までの経緯を二人に報告した。

重沼は六件の冤罪を含む二十一件の女児殺害を自白していた。

六件以外の遺体は、自宅の裏に深く埋め、白骨化したあとで粉砕したと供述した。郡域の野山に撒いて隠滅したらしい。

裏庭からそれらしい痕跡はもはや見つけられず、野山に散らばった骨粉《こっぷん》を探し当てようもない。遺族たちは泣き暮れた。

予審は二ヵ月前に終わり、もう公判に入っている。

塚海のほうは、重沼の下調べを手伝ったと自供して同じく公判中だ。

冤罪者たちの再審も始まった。新聞は、過去最大の冤罪事件だと書き立てている。

免職を免れた五十嵐や矢吹は、あらためて辞職の決意を固めているが、冤罪者の無罪判決が出たあとでの実行になるだろう。

「――そういう次第で、今から最後の一人を逮捕しに行くんだ。もっと早く捕まえられていれば、君らは死なずにすんだかもしれないな」

濡らした手拭いで墓標代わりの柄をきれいにした。何ヵ月分もの土砂や汚れで手拭いは真っ黒になった。

女手ひとつで畑をやっていけるわけもなく、トモエは遠縁を頼って村を出たのである。一家が住んでいた家は取り壊されて建材は持ち去られている。

「墓がこんなに荒れてるなんてな……これからは月に一度は来るよ。墓標もよいものに取り替えよう……」

墓をあとにして向かった先は、八王子の《博多飯　磯村》である。

二

暖簾《のれん》をくぐって戸を開けると座敷の方角から騒々しい声が聞こえた。

「私は、がめ煮を試してみたいのだが」

八丈教授の甲高い声である。

「豊臣秀吉《とよとみひでよし》が朝鮮出兵の折に作らせたと聞いたので、食べてみたかったのだ。すっぽんと野菜でどんな味になっているのか想像がつかなくてね」

「すぐに持ってくるけん」

磯村が答えている。

武蔵は草履を鳴らして座敷へと急いだ。

厨房に引き込む磯村とすれ違い、目配せし合う。

「あいつだ。間違いない」

押し殺した磯村の声が胸をえぐった。怒りと無念で武蔵の心が焼かれていく。

「おお、虎里君。遅かったじゃないか。墓参りはすんだのかい。座敷を占有するのも恐縮なので注文したところだ」

西東京への小旅行に教授を誘い、この店を集合場所にしたのだった。

武蔵を球磨川村から八王子まで運んでくれた青木たちのフォードは、三時半着の夢子を待つために停車場前の広場に停まっている。

「捜査の仕上げをするとハナちゃんたちに報告してきました」

教授は目を皿のように丸くした。


教授の腹が満ちたところで、武蔵たちは料金を支払って店を出た。今日は昼でも気温が上がらないせいか、通りに人影はまばらだ。

磯村が否定してくれていたならどんなによかったことだろう。武蔵は嘆きながら、しばし歩いた。

「今日は招いてくれてありがとう。八王子は初めてではないが、あんな店は知らなかった」

教授は上機嫌だ。寒風が路地を吹き抜けるので、両手で外套の襟を寄せている。

武蔵のほうは、西洋の探偵のような二重外套を小袖の上に羽織っている。誕生日のお祝いに一郎と夢子からもらったのだ。

武蔵は立ち止まった。

「あなたが八王子で寄ったのは、この先にあったカフェーでしたものね」

教授の顔から表情が掻き消えた。

「誘ったのは口実なんです。磯村さんにあなたの顔を確認してもらうのが目的でした。言えば、あなたはやって来ないだろうから」

教授は武蔵と見つめ合い、静かに息を吐いた。襟を風に煽られるにまかせて武蔵を見下ろす。

「いつから疑ってたんだね」

「衣装部屋に籠もった翌日――朝早く巡査に取り囲まれたときからです」

教授は納得した顔でうなずく。

「早すぎたよね、あれは。帝劇に向かうのは正午近くにするようにと重沼に言っといたんだが」

武蔵は睨みすえる。

「班長の親父さんが来る日だったので焦ってたんです。内務官僚が倅をかばうとややこしくなるので、ぐうの音も出ないように俺を引き出したかったんでしょう」

教授は溜息をつく。

「なるほどねえ。人は狙いどおりには動かないものだねえ。せっかく私が君の計画をあいつに教えてやったのに」

「やはりあなたが漏らしたんですね。だから塚海に先を越されたんだ」

「そのとおりだ。華山女史を送ってすぐに重沼の家までフォードを飛ばして教えに行ったんだ。腰を抜かしていたぞ。まさか、指紋を採っていない時代の証拠品から、あらためて採るなんてな。私も思いつかなかった。君は私とは違う意味で天才だよ。犯罪者の天敵だな」

冗談めかしているが、笑えるはずがない。

武蔵の胸が焼け焦げた。

「重沼と知り合ったのはいつなんだ？」

「君が見つけた本富士署の事件が起こった日だよ。現場は本郷区だからね、大学の近くで出くわした。おっと、殺害を目撃したわけじゃないぞ。場所も離れていた。でも私にはぴんと来たぞ。人を殺したばかりの人間が放つ気——獣気というより、こう何か、私には、人を超えた神々しい空気感に思えたたなあ……。それに初対面じゃなかったんだ」

「会ったとすれば、司法省だな」

「そうだ。鑑識係ができてから小津さんと一緒に私の講義を聴きに来ていた。そのときから本庁の人間だと憶えていたので、司法省のコネで手を回して奴の非番の日にあとをつけたんだ」

「相手は刑事だぞ」

武蔵は驚いた。

「よく気づかれなかったものだな」

「姿がかすむほどの遠距離からつけたからな。攫う相手の家に近づけば、どの家か見当がついたから見失わなかったよ」

「どうやって見当をつけたんだ」

武蔵はますます啞然とする。

「だから、本郷区の事件だよ。犠牲者の女児と共通点のある娘をまた殺すと睨んだのだ。目をつけたのが学齢簿さ。就学年齢児童の住所録を市町村が作成するように定められているのだ。東京市役所に行き、学術目的と偽って学齢簿を閲覧した。東京市じゅうの六歳、もしくは六歳間近の女児の住所を写し取って、そのうち千人ぶんほどを暗記しておいたら、その中の一人の家に重沼が向かったわけだ」

武蔵は、のけぞりながら教授を見つめた。

「なぜその才能と根気を学問だけに使わなかったんだ？」

「これは異な事を言う。私にはこれこそが学問なのだ。本物の生きている変態殺人鬼に出会えたんだぞ。観察のためなら手間を惜しまない。あのときは生きている実感があった！」

武蔵は心を押し鎮めて呼吸を整えた。

「重沼を強請《ゆす》ったんだな」

「そうだ。知能では私のほうが上だからね。あいつに裏を掻かれて殺される危険なんて、ないに等しい」

「で、自分も殺人をやってみたくなったわけだ」

「それも、あたりだ。カフェーの女給に興味があったのさ。私の初恋相手が飲食店の女性だったものでね」

頬をゆるませて喜々としている。

「この通りの奥にあったカフェーで、女給を殺したのはお前だな。殺害日の未明——磯村さんは寝泊まりしていた店の中から表を歩くお前の姿を目撃していたんだ。でも、お前は悠々と去ったし、犯人がすぐに捕まったので届け出なかった。重沼に命じて冤罪を作らせたんだろう」

逮捕されたカフェー店主はまだ監獄にいる。

「うん。計画どおりだよ。楽しかったな、あのときは――。またやりたいと思ったら、君に会ってしまった。一目見て、こりゃやばいと思った。豹《ひょう》が大鷹《おおたか》の存在を知るようなものか？　地上では逃げ切れる自信があるのに、いつ空からやられるかわからない。だから殺しは控えた……」

「本当にほかには殺っていないんだな。調べて吐かせるぞ」

「私が強制されて吐くと思うかね――おっと、まあそう睨まないでくれたまえ。中毒患者のように殺しまくりたいわけではないんだ。私の場合は研究目的の殺人なので、誓ってほかでは殺っていない」

「俺を助けたのはなぜなんだ」

それが大きな疑問だった。

「なぜだろうな」

教授は悩ましげな表情になって首を傾げる。

「なるべく重沼にたどり着かないように受け答えはしていたのだがな……こっちも研究者の矜恃があるので恥になるような誤誘導はできなかった。でも、重沼が捕まると困るので、君が単独捜査を始めたときと、過去の指紋を集め始めたときの二度だけは奴に警告した。それ以外では中立だったよ。試合精神のようなものかな」

「試合だって？　いったい何の？」

「君と我々との真剣勝負だよ。どちらが勝つか、緊張感満点じゃないか。こういうのを西洋ではフェアプレイと言うんだ」

武蔵は、怒りをたぎらせた。

「君一人なら殴り倒してここから逃げたかもしれんがな。でも君のことだ。準備はしてきたろう」

武蔵は大きくうなずき、合い言葉とともに片手を振り上げた。

それを合図に、建物の蔭から八王子署の刑事たちが現れる。民家の引き戸も開いて、潜んでいた刑事たちが姿を現わす。

「ご苦労さん。あとはこっちでやるから」

司法主任の警部に肩を叩かれた。

教授があっさりと縄をかけられて連行される様子を、武蔵は納得できずに、ひたすら見つめた。

「待て！」

最大の疑問を、教授の背にぶつけた。

「なぜ自白したんだ！　物的証拠は出ていない。あとで翻すつもりかっ」

教授は待ちかまえていたように、くわっと振り返る。

「君を評価していると言ったろう！　しらばっくれても君はきっと証拠を見つけ出す。虎里武蔵とはそういう男だ！」

けたたましい笑い声とともに目を引き剝いて続きを言い放つ。

「これも研究の一環なのだあっ。今、私は本物の犯罪者になれたのだぁ！　これこそ、研究者冥利《みようり》に尽きるぅ！」

教授の姿が禍々《まがまが》しく膨張して武蔵の頭上から覆い被さった。武蔵の視界が重圧で押し潰されたようにグシャッとゆがんだ──。

三

「武蔵ぃ！　何してるの！　案山子《かかし》みたいに突っ立って、どうしたのよ」

夢子の声で我に返ると、教授も八王子署の刑事たちももういない路地に、一人で立っていた。

振り返れば、磯村の店の前にフォードが停まっていて、後ろの席で夢子が手を振っている。

夢子は観光気分で武蔵を追いかけて八王子まで来たのである。赤い外套と帽子姿でにこにこしている。運転席にはカンカン棒の番頭、その横に青木だ。武蔵は心の底からほっとした。

皆に向かって、手を大きく振り返す。

「虎里巡査、仕事はもう終わったんですよね！」

青木にだけは事情を告げてあった。

「終わりました！」

「首尾は？」

「複雑な気分です！　勝ったのか負けたのか、わからない」

青木は、ほがらかな声で応じた。

「あなたらしくもない。我々刑事の仕事は勝ち負けじゃないでしょう」

青木は武蔵への協力が高評価されて司法係に異動したのである。めきめき頭角を現わしていると聞いている。

武蔵は教授の幻を振り払い、力強く歩み寄る。

「俺たちって、なぜ刑事をやってるんでしょうね。嫌になることだって多いのに」

「私は念願の刑事になったばかりなのでわかりませんよ。あなたの背を追いかけるだけだ」

予想外の言葉に胸を突かれて、武蔵はつかのま、青木のほほえむ顔を見つめる。

「刑事は続けるんですよね」

ハナと咲次郎の墓参りに行くと教えたときから、青木は武蔵が辞職しないかを心配していた。

「続けます。咲次郎さんには、あの世で赦しを請います。辞めるよりも、悪人を追うほうを俺は選ぶ。俺にできる罪滅ぼしは、それしかないです」

夢子が、きょろきょろしながら声を張り上げる。

「教授はどこなのよ。ここで集合じゃなかったの？」

「あいつはいないよ。お前が来る前に用をすませて去ったんだ」

武蔵がやさしくほほえみかけると、夢子はきょとんと無邪気な顔を返した。

「話はあとでするよ。心の整理をつけてからだ」

武蔵が足早にフォードに乗り込むと、

「よし、憂さ晴らしに、走ってくれ」

青木が、得たりとばかりに、番頭に命じた。

武蔵は大空を振り仰ぎ、澄み渡った大気を胸いっぱいに深く吸い込む。

巡査を志してからの日々が、つかのま胸をよぎる。

(兄ちゃんに会いに行こう……許してくれるまで幾度でも頭を下げよう。人に恥じぬ生き方をしなけりゃな)

番頭がスロットルレバーで、ぶんぶんと発動機を吹かした。

人足が絶えた瞬間、

「そら、今だ」

青木がほがらかな声で吠える。

番頭は、クラッチペダルを奥まで一気に踏み込んだ。

フォードは唸りを上げて発進し、車体を煌めかせながら風のように通りを走り抜けた。

○主な参考文献

『明治三十九年四月十七日付 勅令第七十九号 警視庁官制改正』明治三十九年四月十八日 官報第六八三七号　印刷局
『大正二年六月十三日付 勅令第百四十九号 警視庁官制改正』大正二年六月十三日 官報第二六一号　印刷局
『大正二年 職員録（甲）』内閣印刷局編　印刷局
『警察操練：附・点検、礼式、服装、信号』山川秀好　松華堂
『警視庁史 明治編・大正編・昭和前編』警視庁史編さん委員会編　警視庁史編さん委員会
『ものがたり　警視庁史』川原衛門著　警視庁警務部教養課編　自警会
『警視庁物語　悲話100年』田中哲男　霞ケ関出版会N・T事業部
『板橋警察署史』板橋警察署史編集委員会編　警視庁板橋警察署
『築地警察署史』築地警察署史編集委員会編　警視庁築地警察署
『刑訴法198条と明治憲法期における被疑者の任意取調』久岡康成　香川法学 36 巻 3・4号 105-125, 2017
『昭和初期の警視庁人事 ――組織内派閥の検討――』野間龍一　早稲田大学大学院

文学研究科紀要 第67輯 305-319, 2022
『関東電信電話百年史』関東電気通信局編 電気通信協会
『復刻版 明治大正時刻表』三宅俊彦編 新人物往来社
『自動車史料シリーズ(1) 日本自動車工業史～』自動車工業振興会
『大正・昭和戦前期における自動車の普及過程』奥井正俊 新地理 36巻3号 30-38, 1988
『帝国劇場の設計過程にみる非西洋的劇場計画』辻槙一郎 日本建築学会計画系論文集 88巻813号 3101-3112, 2023
『色情狂編』クラフトエビング著 法医学会訳 法医学会
『近代日本のセクシュアリティ 2 変態性欲心理』斎藤光編 R・V・クラフト＝エビング著 黒沢良臣訳 ゆまに書房
『図鑑 日本の監獄史』重松一義 雄山閣出版
『写真技法と保存の知識 デジタル以前の写真—その誕生からカラーフィルムまで』ベルトラン・ラヴェドリン著 白岩洋子訳 高橋則英監修 青幻舎
『旅行ガイドブックから読み解く 明治・大正・昭和 日本人のアジア観光』小牟田哲彦 草思社

本書は文庫書下ろし作品です。

この作品はフィクションであり、実在する人物・組織とは関係ありません。
主要参考文献に沿っていない箇所があります。

著者

|著者| 夜弦雅也　福岡県出身。愛媛大学理学部生物学科卒業。2021年、歴史冒険小説『高望《たかもち》の大刀《たち》』で第13回日経小説大賞を受賞して作家デビュー。翌'22年、同作品で第5回細谷正充賞を受賞する。

逆境《ぎゃっきょう》　大正警察《たいしょうけいさつ》 事件記録《じけんきろく》
夜弦雅也《やげんまさや》

2024年9月13日第1刷発行

発行者——森田浩章
発行所——株式会社　講談社
東京都文京区音羽2-12-21　〒112-8001
電話 出版 (03) 5395-3510
販売 (03) 5395-5817
業務 (03) 5395-3615

Printed in Japan

講談社文庫
定価はカバーに
表示してあります

KODANSHA

デザイン—菊地信義
本文データ制作—講談社デジタル製作
印刷———TOPPAN株式会社
製本———株式会社国宝社

ISBN978-4-06-537002-5

講談社文庫刊行の辞

二十一世紀の到来を目睫に望みながら、われわれはいま、人類史上かつて例を見ない巨大な転換期をむかえようとしている。

世界も、日本も、激動の予兆に対する期待とおののきを内に蔵して、未知の時代に歩み入ろうとしている。このときにあたり、創業の人野間清治の「ナショナル・エデュケイター」への志を現代に甦らせようと意図して、われわれはここに古今の文芸作品はいうまでもなく、ひろく人文・社会・自然の諸科学から東西の名著を網羅する、新しい綜合文庫の発刊を決意した。

激動の転換期はまた断絶の時代である。われわれは戦後二十五年間の出版文化のありかたへの深い反省をこめて、この断絶の時代にあえて人間的な持続を求めようとする。いたずらに浮薄な商業主義のあだ花を追い求めることなく、長期にわたって良書に生命をあたえようとつとめるところにしか、今後の出版文化の真の繁栄はあり得ないと信じるからである。

同時にわれわれはこの綜合文庫の刊行を通じて、人文・社会・自然の諸科学が、結局人間の学にほかならないことを立証しようと願っている。かつて知識とは、「汝自身を知る」ことにつきていた。現代社会の瑣末な情報の氾濫のなかから、力強い知識の源泉を掘り起し、技術文明のただなかに、生きた人間の姿を復活させること。それこそわれわれの切なる希求である。

われわれは権威に盲従せず、俗流に媚びることなく、渾然一体となって日本の「草の根」をかたちづくる若く新しい世代の人々に、心をこめてこの新しい綜合文庫をおくり届けたい。それは知識の泉であるとともに感受性のふるさとであり、もっとも有機的に組織され、社会に開かれた万人のための大学をめざしている。大方の支援と協力を衷心より切望してやまない。

一九七一年七月

野間省一

講談社文庫 最新刊

三國青葉
母上は別式女《べつしきめ》
大名家の奥を守る、女武芸者・別式女。その筆頭の巴《ともえ》の夫は料理人。書下ろし時代小説！

円堂豆子
杜《もり》ノ国の滴《したた》る神
時空をこえて結びつく二人。大反響の古代和風ファンタジー、新章へ。〈文庫書下ろし〉

平岡陽明
素数とバレーボール
41歳の誕生日に500万ドル贈られたら？高校のバレー部仲間5人が人生を再点検する。

真下みこと
あさひは失敗しない
母からのおまじないは、いつしか呪縛となった。メフィスト賞作家、待望の受賞第1作！

夜弦雅也
逆　境
〈大正警察　事件記録〉
指紋捜査が始まって、熱血刑事は科学捜査で難事件に挑んだ。書下ろし警察ミステリー！

マイクル・コナリー
古沢嘉通 訳
復活の歩み（上）（下）
〈リンカーン弁護士〉
無実を訴える服役囚を救うため、ミッキー・ハラーとハリー・ボッシュがタッグを組む。

講談社文芸文庫

稲葉真弓

半島へ

親友の自死、元不倫相手の死、東京を離れ、志摩半島の海を臨む町に移住した私。人生の棚卸しをしながら、自然に抱かれ日々の暮らしを耕す。究極の「半島物語」。

解説＝木村朗子

いAD1

978-4-06-536833-6

安藤礼二

神々の闘争　折口信夫論

解説＝斎藤英喜　年譜＝著者

折口信夫は「国家」に抗する作家である——著者は冒頭こう記した。では、折口の考えた「天皇」はいかなる存在か。アジアを真に結合する原理を問う野心的評論。

あV2

978-4-06-536305-8

講談社文庫 目録

講談社文庫 目録

あさのあつこ NO.6〔ナンバーシックス〕#4
あさのあつこ NO.6〔ナンバーシックス〕#5
あさのあつこ NO.6〔ナンバーシックス〕#6
あさのあつこ NO.6〔ナンバーシックス〕#7
あさのあつこ NO.6〔ナンバーシックス〕#8
あさのあつこ NO.6〔ナンバーシックス〕#9
あさのあつこ NO.6beyond〔ナンバーシックス・ビヨンド〕
あさのあつこ 待 っ て る〈橘屋草子〉
あさのあつこ さいとう市立さいとう高校野球部(上)(下)
あさのあつこ 甲子園でエースしちゃいました〈さいとう市立さいとう高校野球部〉
あさのあつこ お れ が 先 輩？〈さいとう市立さいとう高校野球部〉
阿部夏丸 泣けない魚たち
朝倉かすみ 肝、焼 け る
朝倉かすみ 好かれようとしない
朝倉かすみ ともしびマーケット
朝倉かすみ 感 応 連 鎖
朝倉かすみ たそがれどきに見つけたもの
朝比奈あすか 憂鬱なハスビーン
朝比奈あすか あの子が欲しい

天野作市 気 高 き 昼 寝
天野作市 みんなの旅行
青柳碧人 浜村渚の計算ノート
青柳碧人 浜村渚の計算ノート 2さつめ〈ふしぎの国の期末テスト〉
青柳碧人 浜村渚の計算ノート 3さつめ〈水色コンパスと恋する幾何学〉
青柳碧人 浜村渚の計算ノート 3と1/2さつめ〈ふえるま島の最終定理〉
青柳碧人 浜村渚の計算ノート 4さつめ〈方程式は歌声に乗って〉
青柳碧人 浜村渚の計算ノート 5さつめ〈鳴くよウグイス、平面上〉
青柳碧人 浜村渚の計算ノート 6さつめ〈パピルスよ、永遠に〉
青柳碧人 浜村渚の計算ノート 7さつめ〈悪魔とポタージュスープ〉
青柳碧人 浜村渚の計算ノート 8さつめ〈虚数じかけの夏みかん〉
青柳碧人 浜村渚の計算ノート 8と2分の1さつめ〈つるかめ家の一族〉
青柳碧人 浜村渚の計算ノート 9さつめ〈恋人たちの必勝法〉
青柳碧人 浜村渚の計算ノート 10さつめ〈ラ・ラ・ラ・ラマヌジャン〉
青柳碧人 霊視刑事夕《ゆ》雨《う》子《ご》1〈誰かがそこにいる〉
青柳碧人 霊視刑事夕雨子2〈雨空の鎮魂歌《レクイエム》〉
朝井まかて 花《はな》 競《くら》 べ〈向嶋なずな屋繁盛記〉
朝井まかて ちゃんちゃら
朝井まかて す か た ん

朝井まかて ぬ け ま い る
朝井まかて 恋　　　歌
朝井まかて 阿《お》蘭《らん》陀《だ》西《さい》鶴《かく》
朝井まかて 藪医《やぶい》 ふらここ堂
朝井まかて 福　　　袋
朝井まかて 草 々 不 一
歩《あゆみ》 りえこ ブラを捨て旅に出よう〈貧乏乙女《ぜろか》の"世界一周"旅行記〉
安藤祐介 営業零課接待班
安藤祐介 被取締役新入社員《とりしまられやく》
安藤祐介 お い ! 山 田〈大翔製菓広報宣伝部〉
安藤祐介 宝くじが当たったら
安藤祐介 一〇〇〇ヘクトパスカル
安藤祐介 テノヒラ幕府株式会社
安藤祐介 本のエンドロール
青木 理 絞　首　刑
麻見和史 石 の 繭〈警視庁殺人分析班〉
麻見和史 蟻《あり》 の 階 段〈警視庁殺人分析班〉
麻見和史 水 晶 の 鼓 動〈警視庁殺人分析班〉
麻見和史 虚 空 の 糸〈警視庁殺人分析班〉

講談社文庫　目録

講談社文庫 目録

2024年6月14日現在